集英社文庫

私のギリシャ神話

阿 刀 田　高

装画・千葉政助

私のギリシャ神話

目次

目次・中扉・章扉デザイン　岩崎誠司

まえがき

この本はＮＨＫ教育テレビの人間講座〈私のギリシャ神話〉（一九九九年四月〜六月放映）に用いたテキストに、若干の加筆訂正をほどこして第一章〜第十二章とし、あらたに第十三章〜第十八章をそえたものである。

古代ギリシャ人は歴史の揺籃《ようらん》期に燦然《さんぜん》たる文化の花を咲かせ、その影響は古代ローマを直撃し、さらに地図の拡大につれ、その後のヨーロッパに、アメリカに、そして世界中にさまざまな形で浸透した。痕跡は至るところではっきりと見ることができる。少なくとも欧米の文化は、その淵源《えんげん》をギリシャに得ている、と断言してもよいだろう。この本のテーマであるギリシャ神話は、そのギリシャ民族の信仰の拠《よ》りどころであり、哲学、倫理、芸術、科学にまで深く関わる知恵であった。

ひるがえって私たち日本人は欧米の枠組みからは外れた世界に属しているけれど、日常生活では大きな影響を受けている。衣食住は言うに及ばず、いっさいが欧米的で、その文化に首まで浸かっていると言っても過言ではあるまい。まったくの話、直接的なギリシャの影響さえ皆無ではない。たとえば〝マラソン選手がアキレス腱《けん》を切り、モルヒネで激痛を抑えたが、ついにオリンピックへの出場は断念した〟という短文で、四つの片仮名語はすべて古代ギリシャと関わっている。オリンピックの祝祭そのものが古代ギリシャの遺産なのだ。

こんな情況を考えて、この本の目的は次の二つに要約できるだろう。

一つは欧米文化の淵源を知ることだ。ギリシャを知ることは欧米を知ることに通ずる。二十一世紀はますます国際化していくだろう。肌色の異なる朋友たちの思考と知識の一端を根本からながめてみることも無駄ではあるまい。私たちの内なるギリシャ的なものをも、ときには見出すことがあるだろう。

もう一つは……古代ギリシャの文明は、それ自体優れている。現在でも生《なま》ものとして新鮮な価値を含んでいる。古代ギリシャの哲学は、たとえばソクラテス一人を採ってみても現代的な価値を失っていない。文学や芸術もまたしかり。こうした文化は当然のことながら民族の神話と密接な関係を持っている。ギリシャ神話の知識なしでは理解できない部分も大きいし、加えてギリシャ神話は文学としてそれ自体ユニークな価値を持ち続けている。この点は、とりわけこの本で触れたいポイントである。

目次を見ていただけばおわかりのように、各章のタイトルに神あるいは人の名を一つ挙げ、そのエピソードを語ることにより関連する人物と事項に触れ、広大なギリシャ神話全体を部分的に埋めていくという方針を採用した。もちろん語り尽せない余白は多いけれど、おおよその姿は捕らえ得たと思う。我流の推測や解釈のあることをお許しいただきたい。ギリシャ神話の後世への影響についても随所に筆をさいた。

人名・地名については〈ギリシア・ローマ神話辞典〉〈西洋人名辞典〉（ともに岩波書店刊）および〈コンサイス外国地名辞典〉（三省堂刊）を拠りどころとし、若干の調整をほどこした。恣意的な好みで長音符（ーのこと）を省くケースが多かった。ギリシャ語ではそれが正しい発音であっても日本語に表記するとひどくだらしなく響き、さなきだに長ったらしく覚えにくい固有名詞が一層ひどくなってしまうからである。V音を表わすヴも引用文献を除いて用いなかった。勝手な判断についてもご寛容をいただきたい。

そして、もう一つ、私は小説家であり、ギリシャ神話の研究を専門とするものではない。よくもわるくもこの条件はまぬがれえない。だから、むしろ小説家としての特徴を生かし、こむつかしい勉強よりギリシャ神話がどんなにおもしろいか、そこに焦点を絞ってお話を進めたいと思う。くわしくは、これから、これから。寛いでお読みいただきたい。

ギリシャ神話の世界

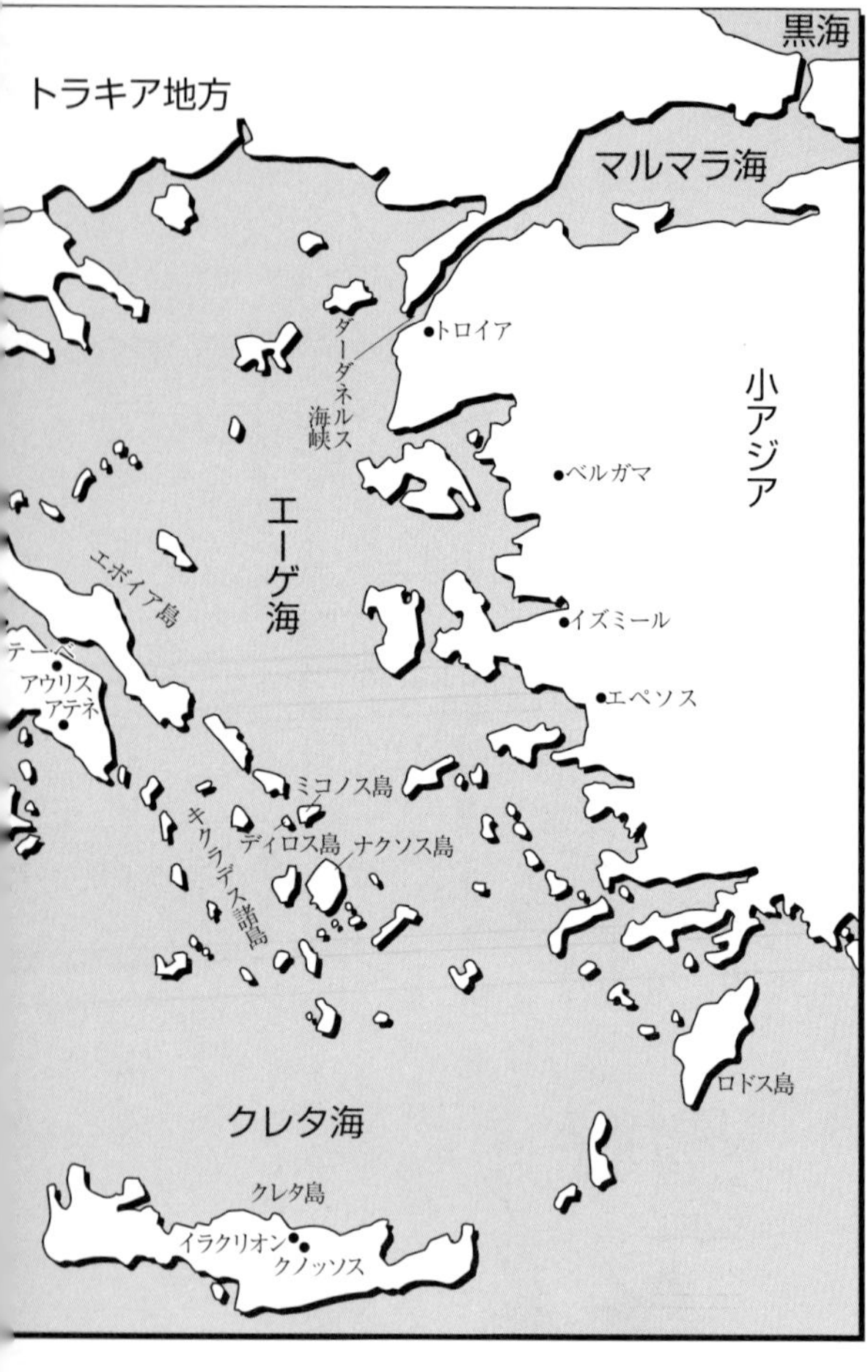
黒海
トラキア地方
マルマラ海
トロイア
ダーダネルス海峡
小アジア
ベルガマ
エーゲ海
エボイア島
イズミール
テーベ
アウリス
アテネ
エペソス
ミコノス島
キクラデス諸島
ディロス島
ナクソス島
ロドス島
クレタ海
クレタ島
イラクリオン
クノッソス

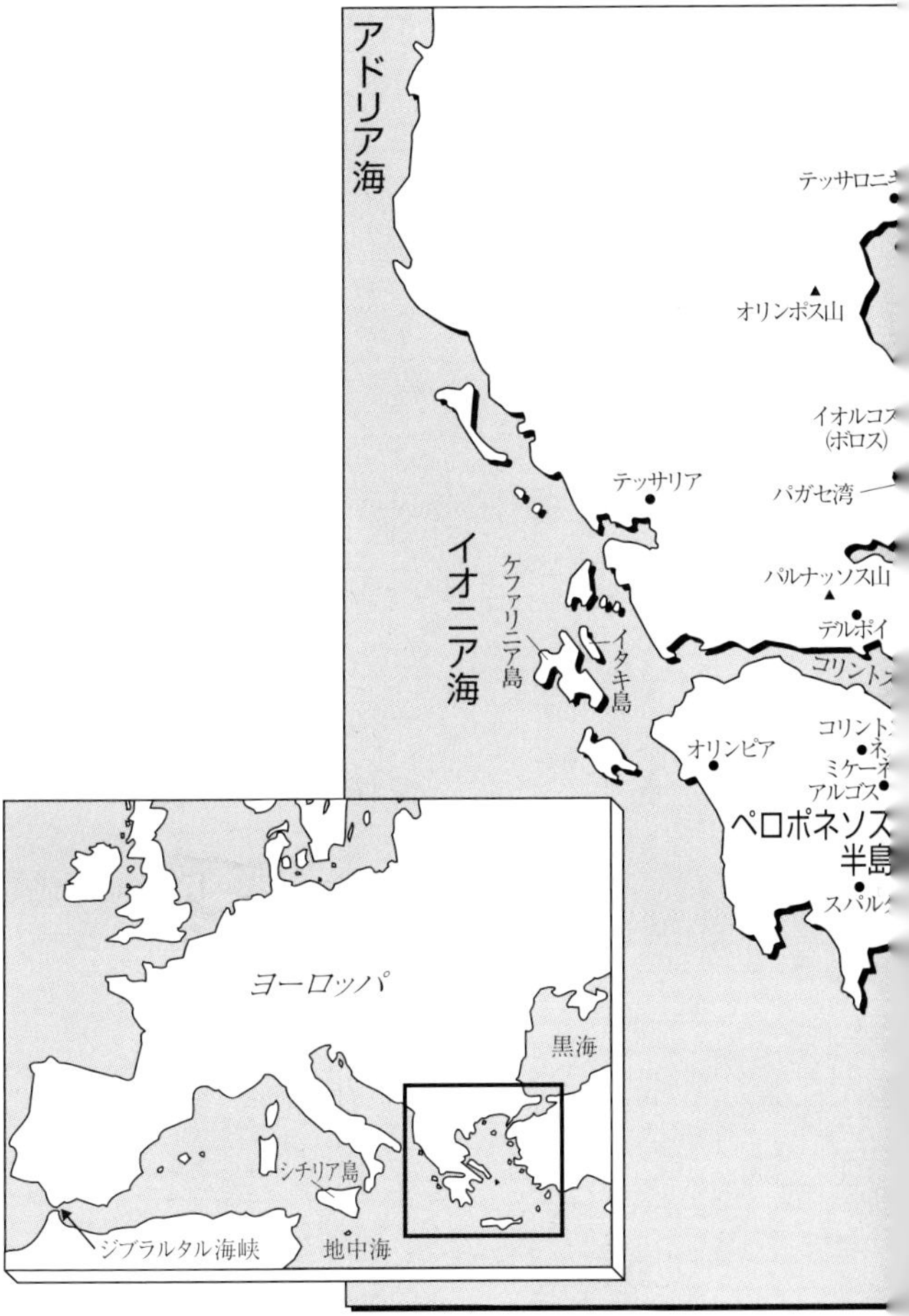
アドリア海
テッサロニ
オリンポス山
イオルコス
(ボロス)
テッサリア
パガセ湾
イオニア海
ケファリニア島
イタキ島
パルナッソス山
デルポイ
オリンピア
アルゴス
ペロポネソス
半島
ヨーロッパ
黒海
シチリア島
ジブラルタル海峡
地中海

私のギリシャ神話

本文レイアウト　島村　稔

第一章

プロメテウス

……火を教えた神

反逆の神プロメテウス

まず最初に選んだのがプロメテウス。

プロメテウスはけっしてギリシャ神話を代表する存在ではない。中の上くらいの役どころ。しかし、とてもユニークで大切な役割を演じている。プロメテウスを一番最初に選んだこと自体に〈私のギリシャ神話〉の特徴がある、と言ってもよいだろう。

神話というものは、たいてい冒頭に天地の創造が置かれている。日本の〈古事記〉〈日本書紀〉もそうだし、旧約聖書の冒頭もそうなっている。これは宗教としての本質や民族の世界観を考えるうえでとても大切な部分だが、少々わかりにくい。読みづらい。

——ああ、そうですか。だれが見て来たんですか——

荒唐無稽に感じられることさえある。

ギリシャ神話もこの例外ではない。それに……ギリシャ神話をこの部分から記して解説した本はすでにたくさん出版されている。だから、ここでは新しい試みとしてストーリーのおもしろいものから、と考えてみた。小説家の私がどんなところにおもしろみを感じたか、それを直截に述べてみようという試みであり、このエッセイを〈私のギリシャ神話〉と名づけた所以《ゆえん》でもある。

神話というものは、なにしろ古い時代の伝承だから現代人の目でながめると、

——なにが言いたいのかな。つじつまもあっていないし——

物語として未成熟なものが少なからず含まれているのだが、その点、ギリシャ神話は寓意性に富み、あか抜けていて物語としても上質なものが多い。そのあたりを小説家の視点で捕らえてみたい。全体の展望は、おいおいゆっくりとお話するとしよう。

さて、プロメテウスだが、彼は反逆の神であり、人類の恩人であった。

ギリシャ神話の大神はゼウスと言い、これが断然偉い。権力を一手に握っている。ほかの神々は人間よりははるかに強いが、ゼウスの前では頭があがらない。権力の分掌についてはもう一度あとで述べるけれど、おおまかに言えば、ゼウス、他の神々、人間たち、この三段階の構造と考えれば当たらずとも遠からず。神々の世界も創世期には群雄割拠、勢力を競いあっていたのだが、ゼウスが現われ、一気に権力を把握した、という事情である。

プロメテウスはゼウスと従弟《いとこ》くらいの関係で、栄誉ある一族に属してはいたが、ゼウスの力には及ばない。ただ、彼は性格がへそ曲がりなのか、気骨があるのか、唯々諾々《いいだくだく》としてゼウスに従う神ではなかった。才智にもたけていた。

そもそもの発端は……ギリシャ人は肉食民族だから牛は大切な食物。彼等の神様もまた牛が好物である。だが一頭の牛を屠《ほふ》っても、おいしいところとまずいところがある。肉屋の店先に立っても、特上、上、並、こまぎれ、臓物、骨……古代人は臓物に高い価値を置

いていたが、それはともかく、あるとき、

「神様と人間と、どの肉を採るかな」

殺した牛をどう食べるか、取り分が問題になった。調停役をかって出たのがプロメテウスで、二皿を作り、

「さあ、どっちを採ります?」

と、ゼウスに尋ねた。

一つはおいしい肉と臓物を胃袋に詰めたもの、もう一つは骨を脂で包んで一見おいしそうに見せたもの。ゼウスはうっかりと後者を選んでしまった。口に頬張《ほおば》って気づき、

——神々が人間よりまずいものを食してよいものか——

ゼウスは激しく怒った。

もとよりこれはプロメテウスの奸計《かんけい》だ。威張りくさっているゼウスに一泡吹かせてやろうと企んだのである。プロメテウスはもともと人間に好意的なところがあったのだ。

ゼウスとしては、

——許せない——

プロメテウスに怒りを覚え、さらにおいしい肉をもらって食べた人間たちにも悪意を抱いた。

——じゃあ、火を隠してしまえ——

人間たちがようやく覚え始めた火の使用を禁じてやれ、そうすれば肉だっておいしく食べることができまい、と火だねをすっかり隠してしまった。

プロメテウスは、ここでもふたたび人類の身方となり神々のもとから火を盗んで人間たちに与え、その利用法をしっかりと教え込んだ。このときプロメテウスは火だねを〝オオウイキョウの茎に包んで〟神の国から持ち出した、と神話は伝えているが、この記述は民俗の伝承を示して興味深い。オオウイキョウがどんな植物か、私はつまびらかではないけれど、太い茎が中空の筒になっているらしい。そこに火だねを隠すこともできない相談ではないけれど、それよりもなによりも、このオオウイキョウを干してほぐして、よい火口《ほくち》にすることができるとか。火打ち石であれ火鑽《ひき》りであれ、原始的な火起こしの技術にとって、もっとも大切なのは火花をとらえる燃えやすい火口のほうだ。プロメテウスはこれを人間たちに教えた……と、つまり古代の人々がこれを火起こしの大切なノウハウとしていた、とプロメテウスのエピソードから読み取ることもできる。この発見はおもしろい。

ゼウス激怒する

話をもとに戻して……火を盗まれたと知ってゼウスがさらに憤激したのは言うまでもない。

――プロメテウスのやつ――

ゼウスの怒りはもっともだ。人間たちに火の利用法を教えるなんて……軽々《けいけい》に見過ごせるあやまちではない。どえらいことになるぞ。全智全能のゼウスには当然この営みの行きつくところが鮮明に見えたにちがいない。

考えてみれば、人類が他の動物を越えて著しく能力を発達させ文明を持つようになった、その原点は火の利用にある。火を恐れていた類人猿が火を手なずけたときから人類の進化が始まった。その勢いは文字通り野を駈《か》ける火のように広がり、燃え盛り、留まるところを知らずに成長した。いっさいの発達、発明発見がここから始まっている。発見は発見を生み、発明は新しい発明へと繋《つな》がり、やがて核兵器を造り、クローン人間を思案し、神を否定するようにさえなる、その道筋もゼウスには見えたはずである。人間たちを小羊のように従順なものにしておいて、たやすく支配していこうと考えていた大神には、まことに心外な事態の発生であった。

ゼウスはほぞを噛《か》んだ。

――もっと早いうちにプロメテウスを罰しておくべきだった――

うかうかしていた自分が恨めしい。

とはいえゼウスのほうにもエクスキューズがないわけではない。権力絶大の大神であったがプロメテウスにはついつい手加減をしてしまう。よくはわからないが、プロメテウス

『プロメテウス』 コリニョン画
女神アテナに守られ、火を運ぶプロメテウス。

四頭立て戦車に乗ったアポロンが先導する。

(18～19世紀・フィレンツェ、ピッティ宮殿「プロメテウスの間(ま)」の天井フレスコ画〈部分〉)

写真提供／ワールド・フォト・サービス

には弱いところを握られているらしい。ゼウスが怒っても、プロメテウスは薄笑いを浮かべて、

――いいんですか、私はあなたの秘密を知っているんだから――

なにか大変な切り札を隠しているらしい。

それがなにか、はっきりわかるまではゼウスも迂闊《うかつ》には手出しができなかったのだ。

だがもう我慢ができない。ゼウスはプロメテウスを拷問にかけ、秘密を聞き出し、罰を加える決心を固めた。その一方で、

――人間たちもいい気になりやがって――

こちらのほうは遠慮する必要がない。泥を練ってパンドラという美しい女を造り、プロメテウスのもとに放った。パンが〝全《すべ》て〟であり〝ドラ〟が贈り物の意である。彼女には神々から全ての贈り物が委ねられた、というのだが、その中身はなんだったろう。パンドラは壺《つぼ》を一つ持参していたというから、そこに入っていた、と考えるのが常識だろう。

壺の底に残ったもの

プロメテウスの弟にエピメテウスがいた。プロは〝先に、前に〟の意であり、メテウスには〝考える〟の意味がある。エピは〝後で、おくれて〟の意だ。かくて、兄は先に考え

る人であり、弟は後で考える人である。先見の明と下衆《げす》の後知恵である。

パンドラが訪ねて来たときプロメテウスは家を留守にしていた。弟のエピメテウスがパンドラを迎え、

――きれいな人だなあ――

そこはそれ、後で考える人だからなんの思慮もなくパンドラを受け入れ妻としてしまう。

パンドラの持って来た壺は「けっして開けてはならない」ことになっていたが、

「なにが入っているのだろう」

「開けてみる？」

「うん」

パンドラが蓋《ふた》を取ると中からパッと黒煙……。疾病、戦争、貧困、憎悪、嫉妬、飢餓、瀆神《とくしん》、残虐、好色……ありとあらゆる悪が飛び散った。

神々がパンドラに託した〝全ての贈り物〟がこれだったのだろうか。悪ばかりで善はなかったのだろうか。いや、壺の中に入っていたのは全ての善であり、飛び散ったがゆえに消滅したという説もあるが、このあたりストーリーのつじつまがちょっとあってないような気がしないでもない。

いずれにせよ、パンドラの壺の蓋が開き、全ての悪がこの世に広がった、と、このエピソードはあまりにもよく知られており、善のほうはどうするか、なんて今さら修正はむつ

『エヴァ・プリマ・パンドラ』 クーザン画
パンドラは、旧約聖書でいえば、創世記に登場する人類最初の女性イヴ（エヴァ）に相当する。
（1550年頃・パリ、ルーブル美術館蔵）

かしい。このまま伝えておこう。

諸悪の飛び散るのを見てパンドラはあわてて蓋を閉じた。ときすでに遅く、という情況であったが、かろうじて壺の底に一つのものを取り留めることができた。

すなわち希望であった。

これゆえに人間たちは、どのような悪に苛《さいな》まれても、なお希望だけは持つことができるのである。ギリシャ神話の寓意性は、このようにうまくできている。「うーん」と感心しないわけにはいかない。ギリシャ神話のおもしろさは、その現代性を含めてこうした寓意性の巧みさにある、と言ってもよいだろう。

女神テティスの秘密

一方、プロメテウスのほうは、ゼウスの命令により、この世の果てなる高峰の頂で生きたまま磔刑《たっけい》の柱にさらされる。鎖で縛《いまし》め釘で貫き腹を裂き、かたわらには大鷲《おおわし》が繋がれている。大鷲はプロメテウスの肝臓をついばむ。食い荒された肝臓は夜ごとに育ってもと通りになる。これを大鷲がまたむさぼる。そのくり返し……。永遠のリフレイン。これ以上の苦痛はない。

「どうだ、参ったか。秘密を吐け」

『プロメテウスの石棺』 ローマ美術
人間を創造するプロメテウス（左端の人物）を描いた、古代ローマの石棺の浮彫り（部分）。（イタリア、ポッツオーリ出土・4世紀・ナポリ、国立考古美術館蔵）
写真提供／ワールド・フォト・サービス

これより先のストーリーは錯綜する神話を整理し、後に書かれたギリシャ悲劇（アイスキュロスの〈プロメテイア〉など）の内容を交えて筋を通せば、

「じゃあ、言おう」

と、プロメテウスは苦しい息の下で答えた。

「なんだ？」

「テティスをあきらめろ」

テティスは美しい女神で、色好みのゼウスはぞっこん惚れ込んで触手を伸ばそうとしていた。しかし彼女の子宮には不思議な特徴があって〝かならず父親より強い子を生む〟のである。これがプロメテウスの握っていた秘密だった。

ゼウス自身が父親のクロノスを力で倒し追放して大神となった過去を持っている。そのクロノスも自分の父を倒している。自分より強い息子は剣呑《けんのん》だ。プロメテウスから事情を聞かされ、

「わかった。感謝する。テティスはあきらめよう。おぬしも放免だ」

豪傑ヘラクレスに命じて大鷲を討たせ、プロメテウスの鎖と釘を外させた。

「だが、わしの威光を忘れるなよ」

プロメテウスの指に戒めの指輪をはめさせたとか。

後日談になるが、不思議な子宮の持ち主テティスはほかの男（ペレウス）と結婚し、ま

ちがいなく父親より強い豪傑アキレウスを生んでいる。ギリシャ神話は横に広がり縦に流れ、連綿と続いていく物語群なのである。ヨーロッパの文芸にもたらした影響は陰に陽に計り知れない。ともあれプロメテウスは大神に叛《そむ》いた反逆者だ。一説では粘土から人間を創ったのもプロメテウスなんだとか。ならば彼もまた一人の造物主だ。もしかしたらギリシャ文明に融合された小民族の大神だったのかもしれない。ゼウスに従いながらも反逆するところは、そのせいかも？　プロメテウスの寓意性は時代を越えて語りつがれ、神の存在が疑われる現代においてますます象徴的な名を高くしている。

第二章 ゼウス

……ジュピターは博愛主義?

ギリシャ神話とローマ神話

ゼウスはギリシャ神話の中で最大の権力を持つ最高神である。ジュピターと呼ばれることもあるが、これはローマ神話からの呼び名である。

このあたりの事情を少し説明すると……ギリシャ神話とローマ神話は本来はべつなものだったが、古代ローマが古代ギリシャの影響を受けて繁栄し、とりわけ文化の面では古代ローマ人は積極的にギリシャ的なものを取り入れて自分たちのものとした。このプロセスで神話もまたギリシャ神話をみずからの神話として同化させ融合させてしまった。ギリシャ・ローマ神話と呼びならわされ、本来のローマ神話はほんの痕跡を留める程度と言ってよいだろう。ただ神々の名称だけがローマ的な名で呼ばれ、私たちに馴染《なじ》みの深い英語やフランス語はギリシャよりローマの影響を強く受けているため、神々の名もこのローマ系のほうが日本人にとっても親しみやすい。ゼウスよりジュピター。つまりゼウスはギリシャ神話の名であり、ジュピターはローマ系のユピテルから変化したものだ。Jがヤイユエヨに発音され、最後の長音がルになっただけのこと、本来は同じ名と言ってもよいだろう。主だった神々についてギリシャ名、ローマ名、英語名の一覧表を掲げておいた（35ページ）。一見して英語名がローマ名に近いことがわかるだろう。

ちなみに言えばギリシャの北部に二六〇〇メートルを越える山々が連なるオリンポス山塊があり、ギリシャの神々はここを本拠としていた。主な神々はオリンポス十二神と呼ばれ、それが表に示した十二柱の神々である。知った名前、知らない名前、いろいろあろうけれど、このエッセイはギリシャ神話なのだから、ギリシャ名を用いることにしよう。十二神以外の著名な神については必要に応じてそのつどローマ名・英語名を記そう。

ゼウス、クレタ島に生まれる

さて、最高神ゼウスの誕生は簡単ではなかった。父親のクロノスは自分の姉であるレイアを妻にしていたが「おまえの子がおまえを滅ぼす」という予言を受けていたので、生まれる子を次々に腹に飲み込んでしまった。最初がヘスティア、次にデメテルとヘラ、それからハデス（ローマ名プルトー、英語名プリュトゥ）とポセイドン。母親のレイアは生んだ子が次々にいなくなるので、

――ひどいわ――

クロノスのやり口を察知し、次に身籠《みごも》ったときには用心に用心を重ね、クレタ島に赴いて深い山の洞窟《どうくつ》で生み落とした。すなわちゼウスである。レイアは山の妖精《ようせい》たちに、

「こっそり育ててくださいね」

オリンポス十二神

ギリシャ名（性別）	ローマ名	英語名
ゼウス（男）	ユピテル	ジュピター
ヘラ（女）	ユノ	ジュノ
ポセイドン（男）	ネプトゥヌス	ネプチューン
アプロディテ（女）	ウェヌス	ビーナス
アテナ（女）	ミネルウァ	ミネルバ
アレス（男）	マルス	マーズ
アルテミス（女）	ディアナ	ダイアナ
ヘルメス（男）	メルクリウス	マーキュリイ
ヘスティア（女）	ウェスタ	ベスタ
ヘパイストス（男）	ウゥルカヌス	バルカン
アポロン（男）	アポロ	アポロ
デメテル（女）	ケレス	デミター

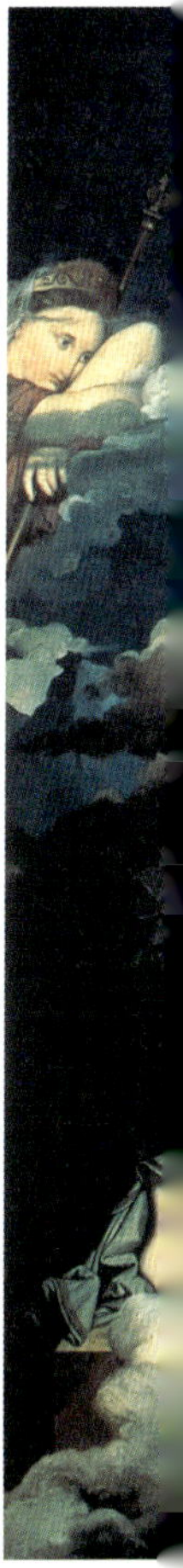

『ジュピターとテティス』 アングル画
息子アキレウスの無事をジュピター（ゼウス）に懇願するテティス。左上はゼウスの正妻ヘラ。（1811年・エクス＝アン＝プロヴァンス、グラネ美術館蔵）

と新生児の養育を委ね、自分はクロノスのところへ戻って、

「これが今度生まれた赤ちゃんよ」

大きな岩を産着で包んで与え、これを飲ませた。

一方、クレタ島の妖精たちは、

――クロノスに見つかったら大変――

ゼウスが泣くたびに、みんなで踊ったり歌ったり武器をガチャガチャ鳴らしたりして赤ん坊の声がクロノスに知られないようにした。

無事に成長したゼウスは、クロノスに吐剤を飲ませ、腹の中にあるものを吐き出させた。吐き出す順序が入ったときの逆になるのは当然の理屈。まず大きな岩が出て来て、これはコリントス湾から北へ入ったパルナッソスの山すそに置かれ、デルポイの神殿の基となった。次いでハデスとポセイドン、男の兄弟である。そしてデメテルとヘラ、最後にヘスティア、女三人が吐き出された。言ってみればこれがゼウスの兄姉たちである。

一同は一致協力して父に挑戦し、戦《いくさ》は十年間続いたが、他の者たちの助力も得て本懐成就、めでたく撃ち破りクロノスを地獄の底に閉じ籠めることに成功した。このときゼウスには無敵の雷電が、ポセイドンには全てを貫く三《み》つ叉《また》の矛《ほこ》が、ハデスには姿を消す兜《かぶと》が、それぞれ地底の友軍から与えられたが、これらの道具はこの後もずっと三人を特徴づける武器となる。勝利のあと男神三人は、

「これからは仲よくやっていこう」

「支配する領分を分ければいい」

かくてゼウスが地上を含む天界を、ポセイドンが海を、ハデスが冥界を統治することとなった。ハデスは重要な神であるにもかかわらずオリンポス十二神に含まれない。それは冥界はこの世の外にある世界、地上の神々とは所属を異にしている、とギリシャ人が考えたからである。

オリンポス十二神

天界の支配者となったゼウスはオリンポスの高峰に居を定め、ヘラを正妻とした。ヘラは女性たちの守護神である。ゼウスとヘラの間に軍神のアレス、鍛冶《かじ》の神ヘパイストスが生まれた。心のやさしいヘパイストスは、あるとき父母の喧嘩の仲裁に入り、

「いらんこと、するな」

ゼウスに天上から投げ落とされ、みにくい姿となってしまったが、鍛冶の技術はすばらしい。神話の中でいくつもの名品を造り出している。ゼウスが激しい頭痛で苦しんだとき、

「頼む。頭をかち割ってくれ」

頭を割ったのもヘパイストスの斧《おの》で、そこから生まれたのがアテナ。知恵と勝利の女神

であり、その名の通りギリシャ最大の都アテネの守護神である。と言うよりこの女神の名にちなんで町が造られた、という事情である。

ゼウスはなかなかの発展家だ。ヘラを妻に迎えておきながら、早くも、

――いい女、いないかな――

レトという美女を見そめて口説き落とす。

レトはたちまち懐妊。しかし正妻のヘラがこの事実を知って、

――許せないわ――

世界中にお触れを発し、なんびともレトのために子どもを生む土地を提供してはならない、と命じた。ヘラの命令には強い拘束力がある。

出産のときが近づいてもレトは産褥《さんじょく》を見出せない。憐れんだ海神ポセイドンが、

――ここならよかろう――

エーゲ海の浮島ディロスへいざなった。波間に浮いている島だから〝土地〟ではない。ヘラの命令に叛《そむ》くことにはなるまい。

レトはここで狩猟と豊饒の女神アルテミスと、芸術と医術の神アポロンを生み落とす。アポロンは弓に矢をつがえて放ち、この島を大地に繋いだ。アルテミスは浮草の島を変えて作物の実る土地とした。

ゼウスはさらに女神のマイアと交わってヘルメスが生まれる。ゼウスの秘書官的存在。

商業の神であり、泥棒の守護神でもあるとか。

ゼウスの姉であるヘスティアはかまどの女神である。またゼウスの祖父のウラノスが戦で落とした肉片からアプロディテが生まれており、これは美の女神。アプロディテは、みにくいながらもやさしいヘパイストスと交わってエロスを生んだ。エロスはいつまでも小さいままの幼神。この坊やが放つ金の矢で胸を射抜かれると、いとしい人を思う恋心に歯止めができない。エロティシズムの語源となった神だが、ローマ名はクピド、英語名のキューピッドを言ったほうがはるかにわかりやすいだろう。

以上、オリンポス十二神に加えてハデス、エロスを紹介したが、もう一人ディオニュソスを加えればギリシャ神話の主要な神々を略述したことになるだろう。農耕と酒の男神、ローマのバッコス（英語名バッカス）と同一視され、ときにはヘスティアと入れ替って十二神に数えられることもある。ギリシャ神話が諸国に広まっていく過程で、

――おれたちの守護神も加えてくれ――

あらたにメンバーとなった神と考えてよいだろう。酒に酔い狂乱する異端の神でもある。

ゼウスのアバンチュール

ゼウスはオリンポスの高峰に君臨して神々を統治し、人間たちに恵みを与え、罰を与え、

『エウロペの略奪』 ダルビーノ画
雄牛に姿を変えたゼウスに略奪され、クレタ島へと連れて行かれる王女エウロペ。
(17世紀・ローマ、ボルゲーゼ美術館蔵)
写真提供／ワールド・フォト・サービス

ときにはなにが目的かよくわからない気まぐれを示し……そこはそれ、大神の思召し、しもじもは従うよりほかにないのだが、ゼウスの所業の中で、とりわけよく目立つのは女性関係……。

この大神は、すてきな女性を見つけると、すぐにちょっかいを出す。手口はおおむね決まっている。

——彼女の好きなものはなにかな——

一番好きなものに身を変えて近づき、相手があれよあれよと驚くうちに交わって子を授ける。この子が英雄となり、大神の恵みとなる。数多《あまた》あるアバンチュールの中からいくつか著名なものを挙げれば、まずエウロペの場合……。

エウロペはフェニキアのテュロスの王女であった。あるうららかな日、王女は地中海の東のどんづまり、今日の地図で言えばパレスチナあたりの海岸で独り花を摘んで遊んでいた。おそらく家畜たちが野放しになって草を食《は》んでいる海辺であったろう。王女に魅せられたゼウスは美しい雄牛に姿を変えて近づく。

——あら、りっぱな牛——

エウロペは雄牛の背を撫《な》で、背に腰をおろす。

とたんに牛はとどっと走り出し、エウロペを乗せたまま海へ入り、どんどん沖へ向かう。

エウロペの手から花が散り、助けを呼んでもだれも来ない。

『ダナエ』 マビューズ（本名ホッサールト）画
ダナエが幽閉された塔の部屋へ、ゼウスは黄金の雨となって侵入し、彼女を身籠らせる。
(1527年・ミュンヘン、アルテ・ピナコテーク蔵)
写真提供／ワールド・フォト・サービス

牛は泳ぎに泳いでクレタ島にたどりつく。

ゼウスはそこでエウロペと交わって、

「嘆くでない。英雄が生まれるぞ」

と宣告した。

こうして誕生したのがクレタのミノス王だ。

この王にまつわるエピソードは後で述べるとして、この後クレタの文明は海を北へ渡って大陸に広がり、エウロペはヨーロッパの語源となった、とも。この神話はフェニキアの文明がパレスチナからクレタに渡り、やがてヨーロッパを席巻《せっけん》した歴史を髣髴《ほうふつ》させて興味深い。

次なるゼウスのアバンチュールは……アルゴス王の一人娘ダナエは美しく育っていたが、神託によると「王の子孫が王を滅ぼします」とのこと。子孫と言われてもダナエのほか子どもはないのだから、

――この娘が子を生まなければいいんだ――

アルゴス王は、よからぬ男が近づかないよう出入口とてない青銅の塔のてっぺんの部屋にダナエを閉じ籠めてしまった。窓

『レダと白鳥』 レオナルド・ダ・ヴィンチ(伝)画
美しい白鳥に変身し，スパルタの王妃レダをわがものにしようとするゼウス。レダは懐妊し、卵を生む。
(16世紀・ローマ、ボルゲーゼ美術館蔵)
写真提供／ワールド・フォト・サービス

から見えるのは、空の景色だけ……。

ある日、黄金の雨が降り、

――なんてきれいな雨かしら――

ダナエが窓を開けると、黄金の雨はやすやすと忍び込んで、ダナエを犯す。雨はゼウスであった。

「心配するでない。英雄が生まれるぞ」

生まれた子は幼いときこそ悲惨な運命に見舞われるが、成長してギリシャ神話屈指の英雄ペルセウスとなる。そしてアルゴス王に与えられた予言がその通り実現されるのだが、そのいきさつはまた後で述べよう。しばらくはゼウスの博愛主義のこと……。

スパルタの王妃レダは白鳥の集まる泉で沐浴《もくよく》を楽しむのを日課としていたが、ある日、とても大きな白鳥が近づいて来て、

「まあ、きれい」

手をさし伸ばすと、たちまち白鳥は王妃と交わる。これもゼウスであった。

王妃は卵を生み、その一つから孵《かえ》ったのが、ギリシャ神話第

一の美女ヘレネである。が、このエピソードも後でトロイア戦争のところで述べよう。

ゼウスは少女であろうと人妻であろうと意に介しない。アルクメネは武将のアムピトリュオンと婚約の仲であった。

「アルクメネはなにが好きかな？」

秘書官のヘルメスが調査したところ、

「特に好きなもの、ありません」

「なにかあるだろう？」

「好きと言えば、アムピトリュオンが好きです。許婚者《いいなずけ》ですから」

「うん、なるほど」

たちまち作戦がゼウスの胸中にできあがった。

第二章

アルクメネ

…………ヘラクレスの母

ゼウスとアルクメネ

ギリシャ神話を知っている人でも、この女性の名前には記憶が薄いかもしれない。アルクメネは脇役である。

だが、とても美しい。

大神のゼウスが見そめたとき彼女は武将のアムピトリュオンと結婚を約束した仲であった。すでに妻であった、とする説もある。

だからアルクメネの閨房《けいぼう》に入るには、

——アムピトリュオンの姿を採るのが一番——

神様だから変幻自在。アムピトリュオンが戦場へ行っているあいだに忍びこみ、戦の話などを語ってアルクメネの心をなごませ、交わってしまう。大神の姿に返り、

「喜ぶがよい。英雄が生まれるぞ」

と、これはいつもの通りである。

かくして誕生したのがギリシャ神話きっての豪傑ヘラクレスであった。アムピトリュオンとアルクメネの夫婦は、大神の恵みを多としてこの子を大切に育てあげ、成長したヘラクレスはゼウスの言葉通りすばらしい英雄となって多くの怪物を退治し、人々を困難から

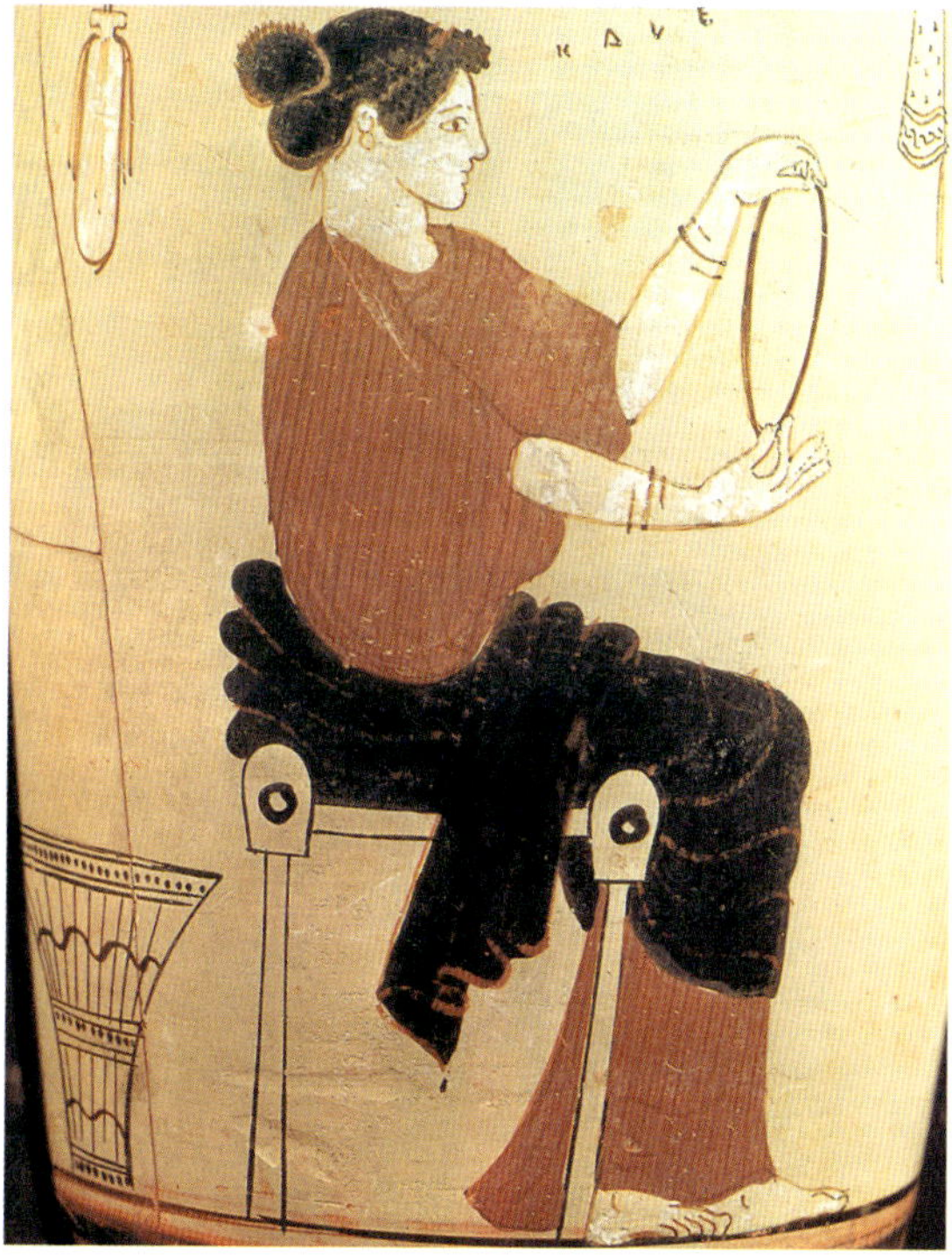

『アルクメネ』 ギリシャ美術
古代の壺に描かれた美しい婦人像。アルクメネとも。豪傑ヘラクレスの母となったアルクメネのエピソードは、時代を越え幾つもの戯曲に書かれている。
(紀元前460年頃・ロンドン、大英博物館蔵)

救った……。

大神のゼウスが色好みで、あちこちの女性にちょっかいを出す、と私はおもしろおかしく語り過ぎたかもしれない。いつの時代からとはっきり断定はできないけれど、少なくとも近代に入ってからは大神ゼウスを国王や権力者に見立ててその好色ぶりを揶揄《やゆ》する文芸作品が散見されるようになり、ついついそういう見方をしてしまうのだが、古代ギリシャの時代は趣が少しちがっていた。

神への畏怖と敬愛

古代ギリシャ人が神々をどう考えていたか、その宗教観を語るのは、とてもむつかしい。もともと簡単に語れるテーマではないし、古代ギリシャといってもどの時代を指すのか、歴史の揺籃期から成熟した時代まで、それぞれ相当に異なっていただろう。

だが、あえて略言するならば畏怖《いふ》と敬愛、祈りと芸術、こんな言葉で私はギリシャ人と神との関係をとらえてみたい。

アンドレ・ボナールという古典学者が〈ギリシア文明史〉（人文書院刊）の中でこう書いている。

〝原始人は神の行為を、彼の生に不意に干渉してくる一つの力の行為として、経験的に感得する。それはたいてい損害を受けたときであるが、ときには思わぬ得をしたばあいもある。それは有益であれ、有害であれ、まずは予想外で気まぐれであり、その本質および行動において人間自身に異質的なものである。神はまずなによりも人を驚かせるものである。神の行為を目前にして、人は驚き、恐れ、そして尊敬の念を感じる。この複雑な感情を表わすのに、ギリシア人はアイドースと言う。英語のawe（畏敬の念）である。（中略）

原始的宗教感覚は、ほとんど完全に、この他者の存在感によって定義することができる。神性は、石にも水にも木にも動物にも、あらゆるところに存在しうる。自然のすべてがはじめから神なのではなく、すべてが良かれ悪しかれ神になりうる、神としてあらわれうる、ということである〟（岡道男／田中千春訳）

古代ギリシャ人もここから出発し農耕において航海においてさまざまな畏怖に出会い、多神教を創り上げて敬愛の対象とした。そのプロセスにおいてこの民族が固有する豊かな芸術性が加わったこと……つまり想像力を駆使して多彩な物語や寓意性が加わったことは言うまでもない。古代ギリシャ人は心から神話の神々を敬愛していた。その心理を煎《せん》じ詰めれば〝神々の御心はよくわからない。わからないときがあるのは本当だ。だが、神であればこそ、なにかしら深い考えがあってのことにちがいない。目の前の不幸は祖先の犯した罪の贖《あがな》いなのかもしれない。未来への見通しなのかもしれない。私たちは貢物をささげ、祈りを重ねて御恵みを待つよりほかにない〟ということではなかろうか。神々を自由に飛

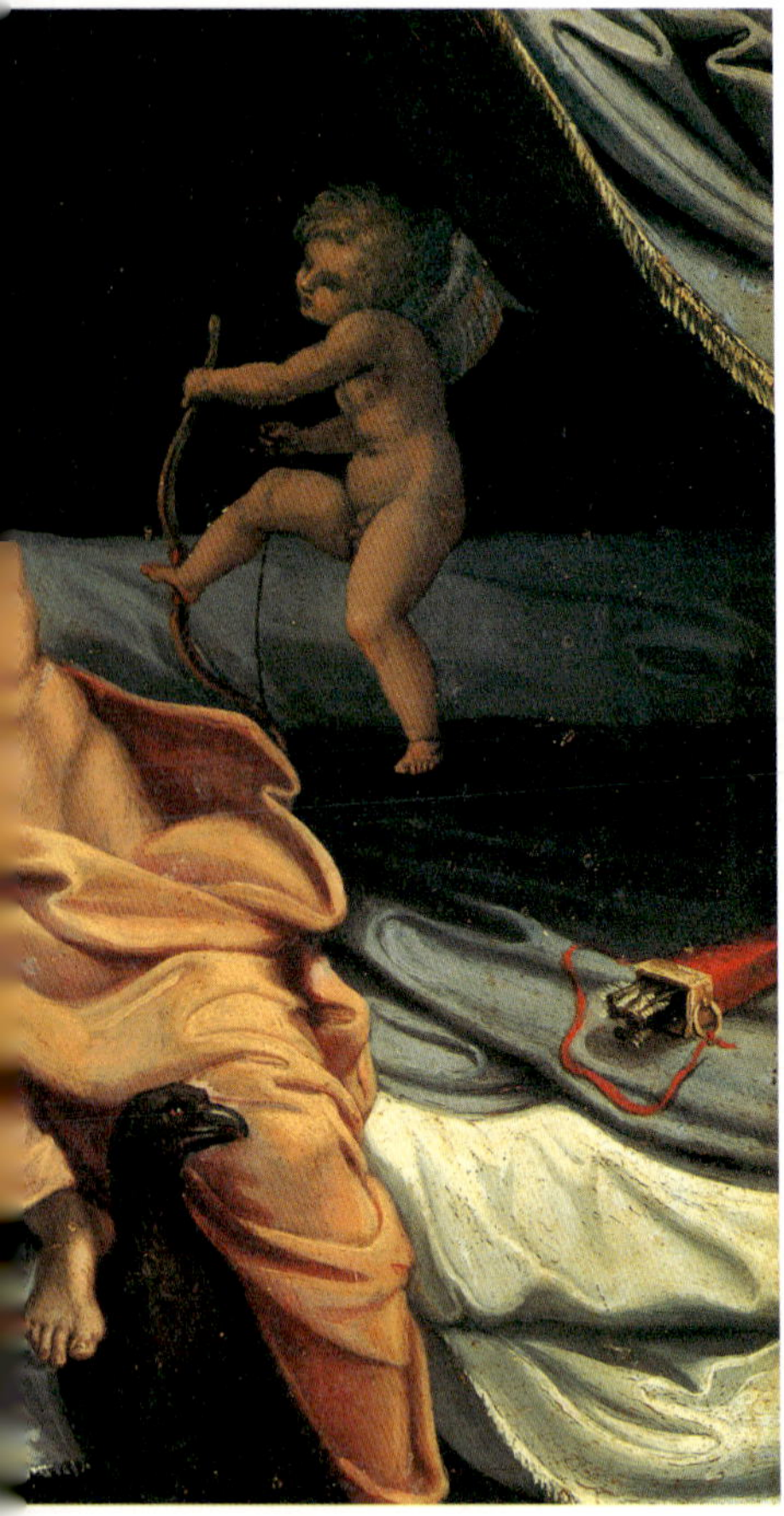

『ジュピターとジュノ』
カラッチ画
「博愛主義」のジュピター（ゼウス）と、その姉にして正妻であるジュノ（ヘラ）。
(16世紀・ローマ、ボルゲーゼ美術館蔵)
写真提供／ワールド・フォト・サービス

翔させ、いきいきと存在させたのは古代ギリシャ人の優れた芸術性であり、それを日常の規範としたことも彼等の芸術との関わりかたであった。ホメロスの叙事詩を聞いては、

――オデュッセウスは、こうやって苦しい辛抱をしたのか――

と考えて自らを戒め、またギリシャ劇を見ては、

――アガメムノンはここで決断したんだ――

と、自らを鼓舞したのである。

だからゼウスの女性愛についても、現代人の見方とはおおいにちがっている。ゼウスの博愛は権力者の好色ではなく、これもまた神の御恵みなのである。

つまりゼウスは神なのであり、当然のことながら人間ではない。国王ではないし、ただの権力者でもない。人間とはちがう存在なのである。

神が御恵みによって人間たちの不幸を取り除いてくれる、幸福を授けてくれる。女性関係もその一つなのだ。ある土地に住む女性を介して英雄を誕生させてくれるというのは、この御恵みの寓話的な表現にほかならない。よい気候のせいで豊作になったり、山崩れにより洪水の流れが外れたりするのと同様に、神の御恵みで英雄が誕生し、そのことにより怪物が退治され、人々の不幸が解消される、と考えたのだ。現代人と同じようにゼウスの営みの中に権力者の横暴を全く揶揄しなかったとは思わないが、古代ギリシャ人がはるかに敬虔《けいけん》であったことは疑いない。婚約者を寝取られたアムピトリュオンも、夫の子ではな

い男子を生んだアルクメネも多少の曲折はあるにせよ、その子ヘラクレスを大切に育てたのは、まさにこうした心理の反映であり、その通りヘラクレスは多くの怪物を退治するという方法によって人間たちの苦しみを救ったのであった。

神話にちなんだ三つの戯曲

ギリシャ神話からは少し外れるかもしれないが、いま述べたギリシャ神話のエピソードをもとにして時代を越え三つの戯曲が書かれている。その三つとは、

プラウトゥス「アムピトリュオ」
モリエール「アンフィトリオン」
J・ジロドゥ「アンフィトリオン38」

プラウトゥスは古代ローマ時代の喜劇作家で紀元前二五四年ごろに生まれ前一八四年に死んでいる。生没年から考えてギリシャ・ローマ神話の心をそのまま伝えうる時代に属している。モリエールは一六二二年に生まれ一六七三年に没したフランスの喜劇作家。そしてJ・ジロドゥは一八八二年に生まれ一九四四年に死んだフランスの劇作家で、日本でも劇団四季がよく手がけている劇作家の一人である。

三人ともそれぞれの時代を代表する一流の劇作家である。ギリシャ神話がこういう形で

何度も何度も息長く、そして手を変え品を変えヨーロッパの文学の中に姿を見せていることに、まず注目していただきたい。アムピトリュオンとアルクメネのエピソードはとりわけ親しまれて、この三つ以外にも多くの同工異曲があり、それゆえにジロドゥは自分の作品がなんと三十八番目だとタイトルで告げているほどだ。もちろんこれはジョークで、そんなにたくさんはないだろう。

が、ギリシャ神話のエピソードは、このアムピトリュオン伝説だけではなく、文字通り枚挙にいとまがないほどしばしば、数多くヨーロッパの文芸に翻案されて登場している。おそらく何十と実在しているだろう。この事実はギリシャ神話そのものが原話として優れており寓意性に富んでいることにほかならない。と同時にヨーロッパ人の胸にそれが深く浸透し、民族を越えて心の伝説となっているからだろう。私は一人の小説家として、このことがすこぶる興味深いのである。

いま挙げた三つの戯曲は、ともに同じエピソードを扱いながら作品に託されたモチーフは少なからず異なっている。プラウトゥスの戯曲はジュピター礼讃の色あいが濃い。アムピトリュオンはいったんは苦悩するものの、すぐに神の子の養父となることに誇りを抱き、民衆とともにヘラクレスの誕生を喜び、ドラマは神の御恵みに感謝する荘厳な調子で幕を下ろしている。この戯曲を知って私は（プラウトゥスは古代ローマ人ではあるけれど）

——古代のギリシャ人もこんなふうに大神の営みを見ていたんだろうな——

と、おおいに納得した。すなわち神への敬愛である。

モリエールの戯曲は一転して随所に揶揄を含んだものとなっている。言うまでもなくモリエールが活躍したのはフランスのルイ王朝の全盛期である。国王の権力は絶大で、国王の望みとあればたいていの無理難題もまかり通った。国王が家臣の妻にちょっかいを出し子を生ませ、その一族に恵みを垂れることなど、少しも珍しくない。日常感覚であった。モリエールはアムピトリュオンとアルクメネのエピソードを素材にして、このあたりの事情を皮肉って「まあ、まあ、まあ、堅いことは言わないで」という喜劇に仕あげたわけである。

二十世紀のジロドゥは人間讃歌と見てよいだろう。いや、むしろこの時代を反映して実存的と言ってもよいのかもしれない。以下にはフランス語の表記で登場人物の名を記すが、人妻アルクメーヌは夫のアンフィトリオンを愛して、大神ジュピテルの企みを肯《がえん》じない。策略を弄して同衾《どうきん》を避けようとするが果たせない。閨房で夫の姿を採っていたジュピテルが、交わりのあと神に返り、

「おまえが身籠《みごも》ったのは私の子だ」

と告げてもアルクメーヌは承知しない。

はじめのうちアルクメーヌは自分の策略が功を奏しジュピテルが交わったのは他の女でありジュピテルが勘ちがいしているのだ、と信じているが、次第に彼女も真相に気づく。

つまり人間が神を騙《だま》せるはずもなく、やっぱり自分はジュピテルと交わり、胎内にはジュピテルの子を宿しているのだ、と感づく。

しかし、それでもなおアルクメーヌは、

「あなたの子ではありません」

と、かたくなにジュピテルに逆らう。

事実がどうあれ、わが子の生誕には神の意志さえも越えて親である人間の主張が大切だ、という態度である。人間が選ぶのだ、という姿勢である。人間讃歌と称した所以《ゆえん》である。

ジュピテルはアルクメーヌの強情ぶりに微笑し、

「じゃあ、そうなんだろ」

と退散するが、しかし、その心中では、

——人間たちの企みなんかたいしたものじゃない。混沌《こんとん》の中に投げ出され、錯誤を信じているだけのことだ——

と、あざ笑っている。この戯曲が実存的と称した所以である。ジロドゥ劇ではアルクメーヌがアンフィトリオンを越えて主役の座に躍り出ているが、これも女性の時代到来の前ぶれだったろうか。ジロドゥの好みでもあるけれど……古い時代にはなかった特徴である。

古代を遠ざかるにつれ、ギリシャ神話を扱いながらも、そこに託する意味あいに変化が生じ、そのためにギリシャ神話の原義が見えにくくなってしまうのは当然のことだ。その経過と本来の信仰を垣間見るために、三つの戯曲を考えてみた次第である。

大王になれなかったヘラクレス

最後にギリシャ神話に即してアムピトリュオン伝説の詳細を記しておこう。

少々ややこしいけれどペルセウス（前章で述べたようにゼウスとダナエの子）の息子にエレクトリュオンがいて、その娘がアルクメネである。エレクトリュオンはタポス島の人たちと諍《いさか》いを起こし息子たちをみな殺しにされてしまう。そこで甥に当たるアムピトリュオンを娘アルクメネの婿にすることを約束したが、アムピトリュオンは誤って義父になるべき人を、つまりエレクトリュオンを殺してしまう。たとえあやまちでも義父殺しは重罪だ。義父の一族の追及も厳しい。アムピトリュオンは許婚者のアルクメネを連れてテーベに逃がれるが、アルクメネは、

「憎いのはタポス島の人たちだわ。結婚をする前にタポスの人たちに復讐して」

と、アムピトリュオンに頼む。

アムピトリュオンは首尾よくタポス島を征服するが、この戦の最中にゼウスがアルクメネの寝室に忍び込んでヘラクレスの誕生へとストーリーが繋《つな》がっていく。

ゼウスは、この子どもの誕生にことのほか気を入れて、

「ペルセウスの血を受け継いで今度生まれて来る子は、全ミケーネの大王となるであろう」

と、ヘラクレスのために祝福の予言を発した。アルクメネがペルセウスの孫なのだから、血は繋がっている。ところが、かねてよりゼウスの女性関係に嫉妬を抱いていた正妻のヘラは、この予言を聞いてアルクメネの出産を遅らせ、これとはべつに、やはりペルセウスの血を引くエウリュステウスを先に誕生させた。一度発した言葉はゼウスといえども、いや、ゼウスであればこそ守らねばならない。エウリュステウスが全ミケーネの大王となり、ゼウスから大変な力を与えられたヘラクレスも所詮はエウリュステウスの家来でしかない。危険な使命を次々に課せられ、いつまでもエウリュステウスの陰謀と嫉妬に苛《さいな》まれなければならなかった。

第四章　ヘラクレス

……………もっとも強い勇者

ヘラの嫉妬に苦しむ

ギリシャ神話きっての英雄ヘラクレスに関わるエピソードは無数にある。略述はむつかしく、相互に矛盾する話もある。ここでは著名なエピソードをいくつか紹介するに留めておこう。

出生の経緯はすでに述べた。

――許せないわ――

女神ヘラの嫉妬は収まらず、生まれたばかりのヘラクレスの揺り籠に二匹の毒蛇をさし向けた。

だが、ヘラクレスは赤子のときからただ者ではない。蛇の首筋をむんずとつかまえ絞め殺してしまう。成長して怪力無双の若者となり、早い時期から武勇を天下に示し、テーベの王女メガラを妻としたが、女神のヘラは執念深く、

――許せないわ――

ヘラクレスの頭を狂わせ、ヘラクレスは自分の妻と子を殺してしまう。

正気に戻ったヘラクレスは愕然とし、デルポイの神殿に赴いて贖罪《しょくざい》のためなにをやったらよいか神託を聞く。答は、

「なんじの父の故郷に帰り、十二年間、王に仕えて全ての命令に従え」

であった。

その王というのが、ヘラのさしがねでヘラクレスよりほんの少し先に生まれたエウリュステウスである。底意地がわるく、嫉妬深く、臆病で、下劣で、なによりもヘラクレスを恐れ嫌い、ヘラクレスの死を願っている王であった。にもかかわらずヘラクレスは宿命的にこの王の命ずることに従わなければならない。エウリュステウスは次々に難題を課す。ヘラクレスは持ち前の力で、一つ一つ克服していく。これがヘラクレス十二の偉業と呼ばれる冒険談だ。

ヘラクレスの十二の冒険

まず第一はネメアの森に住む獅子を退治すること。不死身と言われる魔性の猛獣である。ネメアはペロポネソス半島の東にあってコリントスに近い。古い時代には事実ライオンが棲息していたらしく、古跡の出土品にはライオン狩りが描かれている。ネメアの獅子は近在の町や村に出没して家畜を奪い人を殺し、悩みのたねになっていた。

ヘラクレスは鬱蒼《うっそう》たる森へ入り込み、獅子を見つけて得意の弓に矢をつがえて放ったが、獅子の皮は厚く矢は当たってもヘナヘナと折れて落ちてしまう。さればと今度はこん棒で叩いたが、これも折れてしまう。穴の中に追い込み、格闘して獅子の首を締めつけ、ピリピリと皮を剝《は》いだ。あわれ不死身の獅子は天上に昇って獅子座になったとか。ヘラクレスは獅子の頭つきの皮を被って、これは昨今はやりの〈ライオンキング〉のようなスタイルだろうか。恐ろしい獅子のコートで身を覆って凱旋する。

驚いたのはエウリュステウス。てっきり、

——獅子に殺されたと思っていたのに——

あらためてヘラクレスの剛力を認識して恐れおののく。みずからはけっしてヘラクレスの前に姿を示さず、青銅のかめを造らせて地中に隠れ、そこから命令を発して使者に託すという体たらくだった。

第二の使命はレルネの沼に住む水蛇《ヒドラ》を退治すること。レルネもペロポネソス半島の東にあってアルゴスに近い。水蛇は九つの頭を持っていて、切っても切っても新しい頭が生えてくる。古い時代のレルネは広大な湿地帯で、沼は底なしと考えられていた。いくら干拓を試みても次から次へと水が湧いてくる苦しみを、古代人は水蛇の頭にたとえたのかもしれない。ヘラクレスは甥のイオラオスを連れて沼地に入り水蛇の居所をつきとめる。火矢を放って追い出し、襲いかかって来る首を次々に切り落としたが、すぐに生えてくる。イオラオスが松明《たいまつ》を取って、首が生えるより先に切り口を焼いて新しい首が現われるのを防いだ。こうなれば勝利はヘラクレスのもの。ヘラクレスは水蛇の皮を剝ぎ、したたり落ち

『水蛇ヒドラを退治するヘラクレス』
ギリシャ美術　シレウスの画家による壺絵の部分
九つの頭を持つ水蛇、ヒドラに挑むヘラクレス。
(紀元前480～460年・パレルモ、国立考古美術館蔵)
写真提供／ワールド・フォト・サービス

る胆の血を溜めて矢じりを浸した。猛毒が含まれていたからである。かくてヘラクレスの矢が新しい威力を備えることとなる。水蛇のほうは、これもまた天に昇って蛇座になったとか。

第三の冒険はケリュネイアの鹿を捕らえること。この鹿は黄金の角を持っている。ヘラクレスは一年間追いかけ追いかけ、鹿のほうが逃げ疲れて休むところを生け捕りにした。これはアルカディア地方の伝説だ。

第四もアルカディア地方で、エリュマントス山に住む野生の猪を捕らえること。これも猪がへとへとになるまで追いかけて生け捕りにする。ヘラクレスは長距離ランナーとしても桁外《けたはず》れの脚力を持っているのだ。

第五の命令は、ちょっと趣が変わって……エリス王アウゲイアスの家畜小屋を掃除することであった。エリス王は三千頭もの牛を飼っていたが家畜小屋は三十年間も掃除をしていない。汚れ放題に汚れている。この噂を聞いたヘラクレスの敵なるミケーネ王エウリュステウスは発想の転換、方針の変更、

――勇者であればこそ家畜小屋の掃除なんか下手くそだろう――

と考えたのではあるまいか。

ヘラクレスはエリス王の館に赴き、ミケーネ王エウリュステウスの命令であることを隠して、

「一日で掃除をするから三千頭の十分の一を私にくれ」

「よかろう」

エリス王の息子ピュレウスを証人に立てて約束を交わした。

ヘラクレスは家畜小屋の壁にほどよい穴を開け、近くにある大河の流れを変え、川の水を一気に家畜小屋へ流し込んだ。たちどころに家畜小屋のごみは流され、床は洗われ、きれいになった。

「さあ、約束のものをくれ」

だが、エリス王は耳が聞こえないふりをしてノラリクラリ。最後には、

「エウリュステウスに命じられたことなんだろ？　義務を果して、そのうえ手間賃まで受け取ろうってのは、よくない」

と、十分の一の報酬を拒否する。

息子のピュレウスが、

「お父さん、約束をしたはずですよ」

とヘラクレスの肩を持つものだから、争いは紛糾し、戦となる。戦となればヘラクレスはだれにも負けない。エリス王は殺され、エリスの町はピュレウスの統治に委ねられる。ヘラクレスはめでたく三百頭の牛を手に入れた。

第六はアルカディア地方の湖のほとりにおびただしい数の水鳥が巣を作って棲息し、そ

の鳴き声がうるさいこと、うるさいこと。さらには鋭いくちばしで人畜を襲う。

「これを取り除け」

エウリュステウスはあい変わらずヘラクレスの前から姿を隠して命令だけを伝えた。臆病者の命令でもヘラクレスは宿命的に従わなければならないのだ。

ヘラクレスはアテナ女神からシンバルを借り受け、ドンジャン、ドンジャン、大きな音を立てて鳥たちを驚かし、飛び立つところをまさに電光石火の早わざ、次から次へと弓に矢をつがえて放ち、最後の一羽まで射殺してしまう。

広がる冒険の舞台

ここまでのエピソードはペロポネソス半島を舞台としていたが、第七はクレタ島へと飛ぶ。

エウリュステウスの命令は、すなわち、

「クレタ島の雄牛を捕らえて来い」

であった。

この雄牛はたぐいまれな美しさで、クレタ島のミノス王が神への生け贄《にえ》に供するのが惜しくなったというしろもの。代りに貧弱な牛を供物としたので海神ポセイドンが怒って美しい雄牛を狂暴に変えてしまった。

もちろんヘラクレスはこの雄牛の首ねっこを押さえ縄に繋いで持ち帰る。

第八はエーゲ海の北、トラキア地方で王が養う雌馬を奪って来ること。この馬は鼻から火を吹き、凶暴そのもの。トラキア王が海浜に打ち上げられる水死人の肉を与えて育てたので、人間が大好物。足も速い。ヘラクレスは先にトラキア王をさらって馬のまぐさおけに放り込み、馬が満腹したところで縛って船に乗せた。

第九はアマゾン族の女王の帯を取って来ること。アマゾン族は名にし負う凶暴な女性集団である。男なんかなんのその。男は一年に一回、子作りのためにしか彼女たちの国へ入ることができない。それ以外は、男と見れば殺すか、大けがをさせるか、それがアマゾンの掟《おきて》である。ヘラクレスは日を選んで入国し、数々の贈り物を捧げ、首尾よく秘宝の帯を手に入れる直前まで漕ぎつけたが、ヘラクレスを呪《のろ》う女神ヘラが、

――許せないわ――

わるい噂を流した。ヘラクレスは、その実アマゾンの女王をさらいに来たのだ、と。ここでも戦が始まりヘラクレスが勝つ。女性軍の指揮官を人質に捕らえて帯を手に入れた。この帯にどんな価値があるのか、伝説はつまびらかにしていない。

第十はゲリュオンの赤牛である。ゲリュオンは三頭三身の怪人で、世界の西の果てに獰《どう》猛《もう》な赤牛を飼っていた。

ヘラクレスは長い船旅に出発する。地中海を西へ西へと走って、通り抜けた海の細道が今日のジブラルタル海峡。この両岸に記念の柱を立てたとか。この海峡がヘラクレスの門と呼ばれる所以《ゆえん》である。めでたく西の果てに上陸し、番犬をこん棒でなぐり殺し、犬飼いを矢で射抜き、怪人ゲリュオンも三つの首、三つの体を討たれて死んでしまう。赤牛は長い船旅をへてエウリュステウスのもとに届いた。

魔境、そして冥府にまで

実を言えば、当初エウリュステウスはヘラクレスに十の使命を果せば「それでよし」としていたのである。愚かなミケーネ王はヘラクレスなんかネメアの獅子に食い殺されるだろう、と、たかをくくっていたくらいだから、先々のことはあまり深く考えていなかったらしい。

ところが十の使命を完遂されたと知って大あわて。

「水蛇退治のときはイオラオスが重要な手助けをしているし、家畜小屋の掃除は報酬を受け取っている。おまえ一人で使命を果したとは言えない」

と、難くせをつけ、もう二つ、苦行を成就することを命じた。

第十一は黄金のりんごを取って来ることだった。澄みきった泉。深く美しい森。世界の豊かさが溢《あふ》れる魔境に黄金のりんごが輝き実っていると言う。

「それを取って来い」

魔境がどこにあるかもわからない。

ヘラクレスは妖精や海の老人の助言を得て、それがアトラスの国にあることを知る。アトラスなら地の果てで天球を支えている神族だ。ヘラクレスが訪ねて行って目的を話すと、

「お安いご用だ。そのりんごは私の娘ヘスペリスたちが守っている。取って来てやろう。そのあいだ、仕事を替ってくれ」

両肩に担いだ天球をヘラクレスに預けて走り去る。アトラスはすぐにまばゆい黄金のりんごを手にして戻って来たが、

「私がエウリュステウスのところへ直接届けてやる」

つまり、天球を担ぐ仕事をヘラクレスに押しつけようという魂胆なのだ。ヘラクレスはさりげなく、

「わかった。これから先、長く担ぐとなると、ちゃんとした姿勢で担がなきゃいけない。ちょっと持ってくれ。姿勢を直すから」

と、いったん担いだ天球をアトラスに預け、

「やっぱり、あなたが持つべきだよ」

黄金のりんごを手に入れて船に乗った。腕力ばかりかヘラクレスは知恵もある。

第十二の使命は冥府に赴いて、地底の番犬ケルベロスを捕らえて来るという、この上なく危険な仕事であったが、ヘラクレスは深手を負いながらもまっとうする。エウリュステウスは、繋がれてはいるものの見るからに恐ろしいケルベロスを目前にして、

「たくさんだ。返して来てくれ」

と叫び、ケルベロスはふたたび冥府へ戻され番犬の仕事を続ける。

たくさんだと言えば、私たちのほうも、もうヘラクレスの冒険は堪能した。伝説にはそれぞれ民俗学的な意味があるとしても、十二話を聞けば充分である。大同小異。特別おもしろいお話ではない。本当のことを言えばヘラクレスの冒険は、ほかにもまだまだ山ほど伝えられているのである。

実情をさぐれば、古代ギリシャの文化がどんどん周囲に広がっていくプロセスで、

「せっかくなら、おらが国サの物語をつけ加えてくれ」

と、それぞれの伝承がヘラクレスのエピソードに付加されたのではあるまいか。十であるはずの使命が十二に変わったことも、そんな事情を反映しているようだ。ヘラクレスの偉業は、まことに、まことに新しい伝説を加えるのに都合のよい構造になっている。鬼ヶ島の鬼退治も大江山の酒呑童子《しゅてんどうじ》も加えようと思えば簡単に追加できるだろう。

第五章

アプロディテ

……愛と美の女神

ビーナスの誕生

アプロディテ。愛と美の女神ビーナスのギリシャふうの呼び名である。ビーナスならば多くの絵画や彫刻に登場しており、もっともよく知られた女神と言ってよいだろう。

ギリシャ神話の主だった神々には、大神ゼウスの兄弟、もしくは子孫が多いのだが、アプロディテの出自は少し異なっている。

まず初めに混沌（カオス）があった。そこから母なる大地（ガイア）が生まれ、ガイアは天（ウラノス）と海（ポントス）を作った。同じころ暗黒（エレボス）と夜（ニュクス）が、そして大気（アイテル）と昼（ヘメラ）が生まれた。地底の深い奥底（タルタロス）もポッカリと穴を開けた。ウラノスは世界を覆いつくして支配し、ガイアを妻として多くの子どもたちを作った。ティタン一族と呼ばれる力強い神々であり、一族の最後に生まれたのが奸智にたけたクロノスであった。だが、このあとはろくな子どもが生まれない。怒ったウラノスは生まれた子を地底に閉じ籠めてしまうのだが、母なるガイアはおもしろくない。クロノスを中心にして反逆が起こり、クロノスは父なるウラノスを傷つけ、追放する。ウラノスは、

「おまえもいずれ自分の息子に裏切られるぞ」

『ミロのビーナス』 ギリシャ美術
1820年にギリシャのキュクラデス諸島のミロ島（メーロス島）で発見された、あまりにも有名な彫刻。両手は発見時から失われていた。（紀元前100年頃・パリ、ルーブル美術館蔵）

と不吉な言葉を残して立ち去って行くのだが、それはともかく、この戦のさなかに切り裂かれたウラノスの下腹から精液が散り、海に漂って泡となり、そこから生まれたのがアプロディテであった。イタリアの画家ボッティチェリ（一四四四〜一五一〇）の名画がみごとに描きあげている。

このクロノスが自分の姉であるレイアと交わって大神ゼウスをはじめ多くのオリンポスの神々を生み、それを飲み込んだいきさつはすでに第二章で述べた通りである。ウラノスの不吉な予言は的中し、クロノスは息子のゼウスに討たれるのだが、系図としてながめればアプロディテはウラノスの（精液によって生まれた）娘であり、ゼウスはウラノスの孫に当たる。つまりアプロディテはゼウスの父方の叔母ということになる。他のオリンポスの神々と少し異なった出自と記した理由である。

誕生の地はキプロス島周辺の海とされ、これはギリシャ本土からかなり遠い。アプロディテは本来は海浜の民族の守護神であり、その守護神がめっぽう美しいものだから、

——ギリシャ神話にも、この女神がいたほうがいいんじゃない——

と、遅れて加えられたメンバーではあるまいか。いろいろなところに出没して……つまりいろいろな伝承から拾ってアプロディテという一人の女神に集約した痕跡が見られる。その結果エピソードが相互に矛盾していたり、つじつまが合わなかったり、無理に帳尻を合わせたりしているような気配がなきにしもあらず。存在の多様性はアプロディテの特徴

の一つである。美形であり、愛と美の女神である点はおおむね一致しているが、農作の女神、多産の女神、戦争の女神、航海の女神、さらには売春の女神……と守備範囲は広い。

ヘパイストスの椅子

アプロディテの夫は鍛冶の神ヘパイストス、そして軍神のアレスとも言われている。

——いくら美人でも夫が二人いて、いいのかなあ——

と素朴な疑問が生ずるのも当然だが、そこがそれアプロディテの多様性なのだ。同時に二人を夫にしているわけではなく、あるときは（あるエピソードでは）ヘパイストスの妻であり、あるときはアレスの妻である、という事情である。

ヘパイストスは醜い男神である。ゼウスとヘラの夫婦喧嘩の仲裁に入り、ゼウスの怒りをかって天上から突き落とされ、大けがをしたからである。ほかの神々にも侮られ、性格のやさしいヘパイストスもさすがにへそを曲げ、恨みの思いを籠めて、すばらしい玉座を造った。

みごとなできばえ。ヘラが感動して腰をおろすと、さあ大変。とらえられて身動きができなくなる。どう引っ張っても腰が上がらない。

椅子の魔力を解消できるのは製作者のヘパイストスだけだ。ゼウスが頼み込み、

『ビーナスの誕生』 ボッティチェリ画(P.78〜P.79)
海の泡から生まれ、貝殻に乗って波間を移動するアプロディテ。傍らには、ニンフのクロリスを抱いた西風の神ゼピュロスと、春の女神フローラ。バラの花が舞う、まさに至福の美の世界。
(1485年頃・フィレンツェ、ウフィツィ美術館蔵)
写真提供/ワールド・フォト・サービス

「ヘラを自由にしてやってくれ」

「代りにほしいものがあります」

「なんだ」

「アプロディテを妻にしてください」

「よし」

かくてヘパイストスとアプロディテの結婚がなった、という経緯である。

ヘパイストスは容姿こそ冴えないが心根はやさしい。工芸の技術は抜群である。となると、この結婚自体が一つの寓話なのかもしれない。この世の中、かならずしも美男と美女が結ばれるわけではない。美女が美男のところへばかり行くのでは不公平だ。いや、いや、いや、不公平と言うより「顔じゃないよ、心だよ」。容姿の美しさにばかり目を向けないで性格のよさや能力の高さにもしっかり心を配れ、という教訓であろう。アプロディテにしてみれば、

——器量のよさは私だけでいいの——

世間にはこういう心理で頼もしい男を伴侶に選ぶ美女もけっ

してまれではない。

軍神アレスの妻であるという説はアプロディテ自身が戦の女神という役割を委ねられている伝承もあって、

――それならばアレスの奥さんがいいんじゃない――

と結びついたものらしい。おもしろいエピソードが残されているわけではない。

エロスの恋物語

夫の件はやや曖昧《あいまい》だが、アプロディテの周辺には幼な子が戯れている。キューピッドすなわちギリシャ名のエロスである。アプロディテの子どもらしいが、父親はかならずしもつまびらかではない。ヘパイストス、アレス、ヘルメス、ゼウス……いや、そうではなく太古カオスがガイアを生んだころエロスも生まれたという説もある。天と地と海と、そして昼と夜とが生まれる原始の時期にすでにして愛（エロス）があった、というのは、まさしくギリシャ人の寓意性を表わしていて、おもしろい。生きとし生けるもの、愛なくして生存し続けることはできない。心を繋ぐ淵源として、体を交える衝動《リビドー》として愛は天地の創造に負けず劣らず大切なものなのだから……。

幼な子のエロスは肩に羽をつけ、手に弓矢を持ち、気ままに飛んで気まぐれに人々のハ

『ウゥルカヌスの鍛冶場』 ベラスケス画
アプロディテとアレスの関係を告げるアポロンに、驚いた表情のウゥルカヌス(ヘパイストス)。(1630年・マドリッド、プラド美術館蔵)
写真提供/ワールド・フォト・サービス

ートを射抜く。すると、その人は恋のとりことなる。これもまた一つの寓意性だろう。なぜこんなに狂おしいほど恋に溺れてしまうのか？　それはエロスの気まぐれから始まったことなのでーす、と解釈がつく。

ほとんどの場合、幼な子の姿で出現するエロスだが、彼にも青年期があって、それが美しいプシュケとの恋物語である。

ある国に三人の王女がいた。いずれあやめかかきつばた。が、とりわけ末娘のプシュケが美しく、愛と美の女神アプロディテを凌《しの》ぐとさえ言われた。

そんな評判が立ってはアプロディテはおもしろくない。三人の王女のうち、姉二人は女神の加護を受け、めでたく相応な相手を見つけて結婚したが、プシュケについては、アプロディテが、

——気に入らないわ。一番下劣な男と結ばれたらいいいわ——

エロスに命じてひどい相手を捜させた。

ところが、エロスがひどい男を見つけ、

——この矢の当たった者がプシュケと恋仲になる——

心に念じて矢を放とうとした瞬間、矢がこぼれてエロス自身の親指を傷つけてしまう。

こうしてエロスとプシュケの宿命的な恋が始まった。

プシュケの両親が娘の結婚相手を求めて神託をうかがうと、プシュケ一人を近在の山の

岩場に運んで置き去りにせよ、との厳命。泣く泣く神意に従った。

森の中に一人残されたプシュケは、いつしか眠り込んでしまう。西風がやさしく吹いてプシュケを美しい花園へと運ぶ。そこにエロスの秘密の宮殿があった。

華麗な宮殿だが、人っ子ひとり住んでいない。声だけがプシュケを案内する。夜になると、やさしい気配だけがプシュケを導いて寝室へと誘う。まっ暗闇《くらやみ》の中で愛しあった。こうして甘美な生活が始まった。

もちろん相手はエロスである。

「私の姿を見ようとしてはいけない」

それが唯一の命令であったが、夜をくり返すうちにプシュケの中に不満が募る。

――どんな相手なのかしら――

一方プシュケの豪華な生活ぶりに嫉妬した姉たちが、

「きっと大蛇かなにか、ひどい魔物よ。殺したほうがいいわ」

と唆《そその》かす。

プシュケは我慢できず、見えない相手が寝静まるのを待って、片手に燭台《しょくだい》、片手に短剣、忍び足でうかがい寄ると、なんと世にも美しいエロスが金髪をなびかせて眠っている。

――いとしい方――

と、胸をときめかせたとたん、燭台が揺れ、蠟《ろう》のしずくがエロスの肩に落ちる。

『アモールとプシュケ』 ジェラール画
アモール（エロス）からの初めてのキスを受ける王女プシュケ。恋の矢を射る手元が狂ったことで始まったエロスとプシュケの愛は、さまざまな試練を経て成就する。
(1797年・パリ、ルーブル美術館蔵)

「なぜだ！」
エロスは狼狽《ろうばい》し、逃げ去ってしまう。二人の愛を闇に包んで隠しておくことがアプロディテの目を避け、恨みをかわない唯一の方法だったのである。

プシュケはエロスを捜し求め、ようやくアプロディテのもとへたどりつく。

「会わせてあげないこともないけど……これをうまくやりおおせたらね」

と、むつかしい試練を与えられる。さまざまな穀物が入り混った山の中から米、麦、豆を選り分けろとか、生命の水を見つけ出して来い、とか……。苦労のすえ難題に応えたプシュケはゼウスの加護もあってようやくアプロディテの許しを得てエロスに再会、めでたく結婚する。プシュケには魂の意があり、この物語は、魂が偶然、愛にめぐりあってもすみやかな進展はむつかしく、多くの苦難のすえ本当の結実に至る、という普遍的な寓意を含んでいる。味わい深いエピソードではなかろうか。

三人の女神の争い

話をアプロディテに戻して……もっとも著名なエピソードは〝三美女神の争い〟だろう。

これにも長い前置きがあって、ある日、ゼウスは、

「近ごろ人口が増え過ぎたなあ」

人口削減の手段として戦争を起こすことを思いついた。

折しも多くの神々を招く結婚式が催されようとしていたが、ゼウスは企んで争いの女神エリスだけをそこの席に招かれないようにする。エリスは怒って宴席にりんごを一つ投げ込む。なにしろ争いの女神の仕わざなのだから、これがただのりんごであろうはずもなく〝もっとも美しい女神へ〟と記してあった。

大神ゼウスの正妻ヘラが、

「あら、もっとも美しい女神なら私ね」

と、りんごを手に取ると、かたわらから女神のアテナが、

「冗談を言わないで。私のものでしょうが」

と奪い取る。

アプロディテが、

「なに言ってんのよ。美しいと言えば私に決まっているじゃない」

女神たちにしてはちょっとはしたない争いが始まった。

三女神はゼウスの判定を仰いだが、ゼウスは、こういう危ない判断には加わらない。三女神は仕方なく、

「だれか無関係な人に決めてもらいましょ」

「それがいいわね」

厄介なコンクールの審査員に選ばれたのが、羊飼いのパリスであった。

第六章

ヘレネ

……もっとも美しい女

羊飼い、実はトロイアの王子

　女神はともかくギリシャ神話に登場する女性の中でもっとも美しい人と言えば、スパルタの王女ヘレネ（英語名ヘレン）である。

が、ヘレネを語るためには、その恋人となる、これもなかなかの美丈夫トロイアの王子パリスに触れておかねばなるまい。

　エーゲ海を挟んで西にギリシャ諸国、東にトロイア、二つの勢力が覇を競っていた。

　ギリシャの地勢は山がちで人々が住むにふさわしい平地は分散している。伝統的に大国は作りにくく、一つ一つの都市が小さな国家を作り、都市国家と呼ばれていた。アテネ、スパルタ、テーベ、コリントスなどなどである。これらが共通のヘラスの民であるという認識のもとに連合体を作り、これがすなわちギリシャ諸国である。

　一方、トロイアはプリアモス王が統治する王国であった。王妃の名はヘカベ。二人の間に第一王子ヘクトルが誕生し、次いでパリスが生まれた。このとき母親のヘカベは自分が松明《たいまつ》を生み、その火で町が焼きつくされる夢を見た。夢占いに尋ねれば、まさしく、

「この子はやがてトロイアを滅ぼすであろう」

とのこと。赤子は山に捨てられるが、雌熊が哺育して養う。運命のままにパリスは美し

い若者となり自分の身分を知らないまま羊飼いの仕事に就いていた。そこへ突然、三美女神の判定の役目がまわって来たのである。

　三人の女神はそれぞれ装いを凝らし美しく着飾ったところでパリスの前に立ち、そっと耳もとにささやいた。一種の賄賂作戦である。

「ヘラは自分を選んでくれたら「世界の支配者にしてあげるわ」と告げた。アテナは「すべての戦に勝たせてあげるわ」。そしてアプロディテは「一番美しい女をあげるわ」と唆《そその》かした。

　若いパリスはアプロディテを選んだ。ヘラとアテナの恨みはすさまじい。こののちアプロディテは一貫してパリスとその生国であるトロイアの身方となり、ヘラとアテナはパリスに敵対する。思えばコンクールの審査員はつらい役割であった。

テュンダレオスの掟

　さて、お話変わってペロポネソス半島の山中の国スパルタでは、テュンダレオスが君臨し、その美しい妃がレダであった。いつも白鳥の集まる泉で沐浴《もくよく》するレダを大神ゼウスが見そめ、交わって卵を生ませる。その卵から生まれたのが問題の美女ヘレネである。出生の経緯からしてただものではない。母も美しいが娘はもっと美しい。なにしろこの娘は大

『パリスの審判』

ルーベンス画
三人の女神を前にして最もむずかしく、最も贅沢な選択を迫られたパリス。彼の手には、「勝者」に与えられるりんごが。

(1635年・ロンドン、ナショナル・ギャラリー蔵)

写真提供／ワールド・フォト・サービス

神ゼウスの御恵みなのだから……。スパルタ王テュンダレオスも養い親として大切に育てたが、ヘレネは少女のころから真実まばゆいほどの美貌を現わし始める。噂は噂を呼びギリシャ中の王子や勇者が結婚を申し込んでくる。あまりの熱狂ぶりにテュンダレオスは後日に禍根を残さないよう明確な方針を天下にうち出す。ヘレネを求める者はだれでもおおやけに申し出てほしい。求婚者が出そろったところでヘレネが夫となる者を選ぶ。いったん決定が示されたのちは皆がこれを厳格に尊重し、これを乱す者があるときはすべての求婚者が一致して違反者に掣肘《せいちゅう》を加え道義を守るべし。これがテュンダレオスの掟と呼ばれる入札条件であった。とりわけ最後の条件が肝要だ。

この方針に従い、ヘレネは多くの求婚者の中からメネラオスを選ぶ。メネラオスは当時ギリシャ諸国の中で一番繁栄していたミケーネの国王アガメムノンの弟であり、メネラオスはヘレネとの結婚によりスパルタ王となる。

羊飼いのパリスはアプロディテから「一番美しい女をあげるわ」と言われたが、

——いつくれるのかな——

釈然としない気分で日々を過ごしていた。

折しも近くのトロイア城下で競技会が催され、パリスがかわいがっていた雄牛が賞品として献納させられてしまう。くやしいけれど王の命令だから仕方ない。

——そうか。競技会で優勝して取り戻せばいいんだ——

競技者としての体力には自信があった。

雄牛が賞品として賭けられているレスリングの競技に参加し、トーナメントを勝ち進んで最後の相手はトロイアの第一王子ヘクトルであった。激しい攻防が続いたが、ここでもパリスが勝つ。羊飼いに敗れて面目を失ったヘクトルは、

「おのれ、この下郎」

とばかりに剣を取って切ろうとしたが、そのとき王女の一人カッサンドラが、

「待って。この人、パリスじゃない？」

羊飼いの素性を見ぬいた。

パリス、ヘレネを奪う

美しく力強い若者に育って帰って来たパリスはトロイア王家に迎えられ、出生のときの不吉な予言もどこへやら、王子としての立場を取り戻す。そして使命を帯びてスパルタに赴き、そこで絶世の美女ヘレネとあいまみえる。

一瞬にして燃えた恋であった。背後にアプロディテがついているのだ。パリスはヘレネを略奪する。

妃を奪われたメネラオスの怒りは当然のこと。しかもヘレネについてはテュンダレオス

『パリスとヘレネの愛』 ダヴィッド画
美女ヘレネを略奪したパリス。スパルタ王妃ヘレネもパリスを受け入れたのか、睦まじいふたり。この愛がトロイア戦争の悲劇を生む。(1788年・パリ、ルーブル美術館蔵)

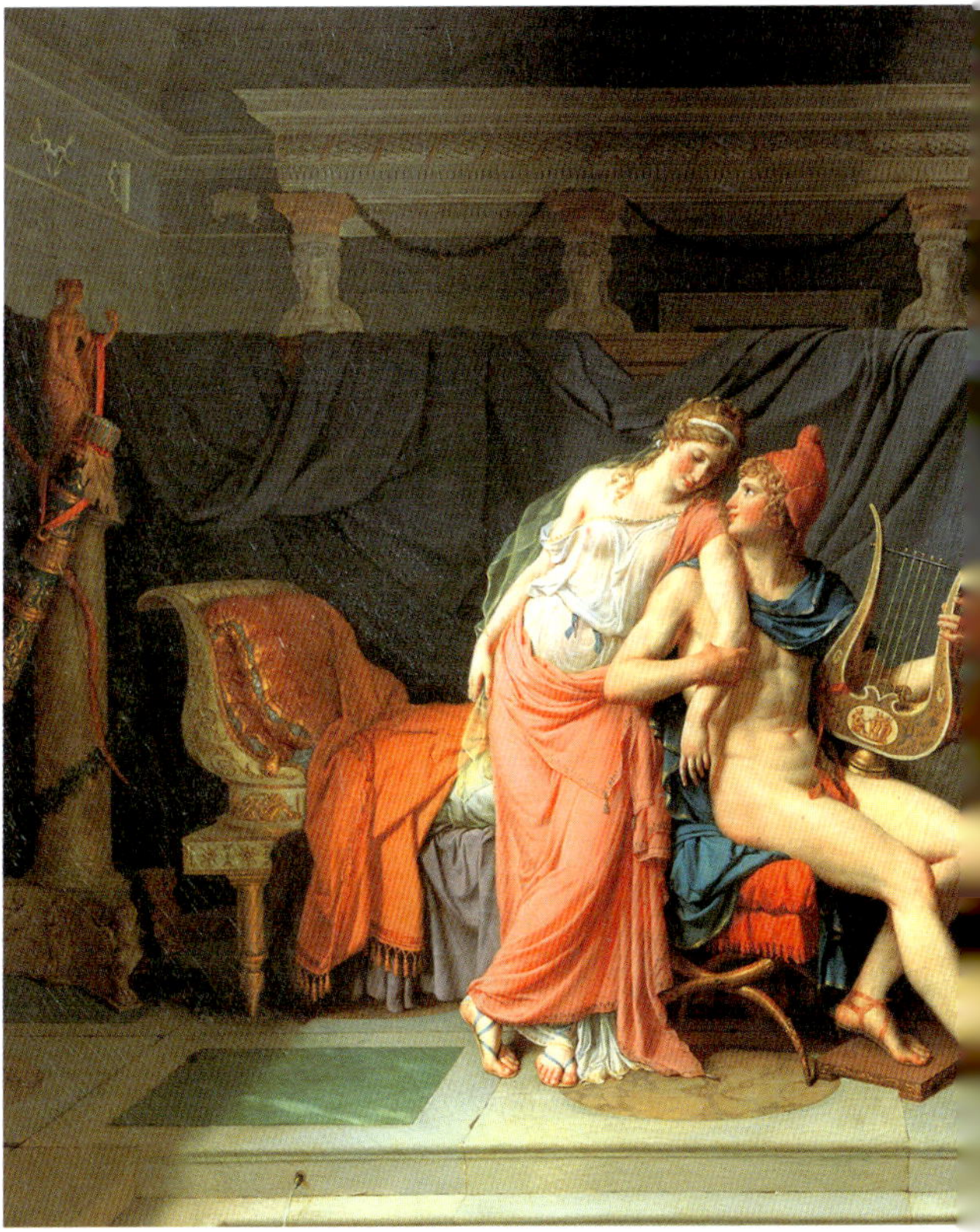

の掟が生きているのだ。メネラオスの兄アガメムノンを総大将にすえ、ギリシャ諸国の王子が、勇者が、

「パリスを許すな！」

と立ち上がった。

ヘレネを略奪したパリスはすぐには故国へ帰らず、地中海のあちこちに立ち寄ってノホホンと甘い生活を送っていたのだが、事情を知ったトロイア王プリアモスが、パリスの行動を認容してヘレネをスパルタへ返そうとしない。ギリシャ側は振り上げた拳《こぶし》をトロイア王国そのものに向けないわけにいかない。パリスの断罪がトロイアへの憎しみに変わり、

「トロイアを討て！」

となってトロイア戦争が始まった。千隻を越える船が十万のギリシャ兵を乗せてエーゲ海を東へ向かって攻め込む。トロイア側も城壁を固めて一歩も譲らない。

この戦争は十年間続いたとか。

すでに述べたアガメムノン、メネラオス、プリアモス、ヘクトル、パリスはもちろんのこと、オデュッセウス、アキレウス、アイネイアスなど多くの勇者が活躍し、両陣営ともおびただしい数の死者を荼毘《だび》に付した。

それもそのはず、この戦争は大神ゼウスが人口削減のため企てたことだったのだから。

神の御心に逆うことはできない。事は神のおぼしめし通りに進捗するのがギリシャ神話の

常である。

ホメロスの叙事詩

トロイア戦争がことさらよく知られているのは、この戦をテーマにして盲目の吟遊詩人ホメロス（紀元前八世紀ころの人）が〈イリアス〉〈オデュッセイア〉二つの叙事詩を残しているからだ。歴史のもっとも古い時代を飾る古典文学として愛唱され愛読され、時代を越え国境を越え燦然《さんぜん》と輝き続けて今なお価値を失わない名作二つである。

大ざっぱな言い方が許されるならば〈イリアス〉はトロイア戦争の十年を伝える叙事詩である。〈オデュッセイア〉は、この戦争に参加したイタキの領主オデュッセウスが故国に帰りつくまでを伝える叙事詩である。帰還の旅は十年を要した。オデュッセウスはさまざまな苦難に見舞われ、無宿者同然の姿で故郷へ帰り着く。それを待つ貞淑な妻ペネロペの嘆きは深い。

「どうせオデュッセウスは死んでいるさ。わしの妻になれ」

と言い寄る多くの求婚者から固く身を守って夫の帰りをひたすら待ち続けている。そして最後はドラマチックな再会……。あらすじを知る人も多いだろう。

トロイア戦争に話を戻せば、まず英雄アキレウス。彼はギリシャ軍の中でもっとも強いと目された勇者であった。母親は女神のテティスである。大神ゼウスが見そめて交わろうとしたが、テティスは不思議な子宮の持ち主であった。このことはすでに第一章で触れておいたが、もう一度くり返せば、テティスの子宮はかならず父より強い子を生む。ゼウス自身がみずからの父を追放して神々の王座に就いた過去を背負っている。なまじ自分より強い息子などを作ってしまっては、自らの立場が危うくなる。プロメテウスの助言を受けてテティスをあきらめたのであったが、このテティスがプティアの領主ペレウスと結婚して生んだのがアキレウスだ。テティスはアキレウスが不死身になるよう両足首を握って冥府の川に漬け込んだ。この川の水にそんな効能があったからだ。アキレウスの全身は水を浴び不死身となったが、テティスが握った足首のところだけは水に触れず、そこがアキレウスの弱点となった。足首のすじをアキレス腱と呼ぶのは、もちろんここに由来している。父より強い不死身の勇者アキレウスもトロイアの戦場でこの弱点を射抜かれて死ぬ。

トロイアの王子ヘクトルは全軍を指揮してギリシャ軍を悩ませ、まことに頼もしい。叙事詩を読むと両軍を通じてもっとも凜々《りり》しい武将はギリシャ方のアキレウスでもなくオデュッセウスでもなく、冷静に判断し勇敢に戦い、泰然として敗れ死んだこの人ではなかったか。そんな気がしてならない。

トロイアの木馬

トロイアの落城は、これまた人口によく膾炙《かいしゃ》した木馬の計略だ。十年間攻め続けてもトロイア城は陥落しない。故国を離れて遠征して来たギリシャ軍は疲労困憊《こんぱい》、退散もやむなしといった雰囲気が濃厚となったが、ここで最後の一作戦。提案者はオデュッセウスであった。

大きな木馬を作り、その中に五十人のギリシャ兵を隠し、浜辺に放置してギリシャの船団は海のかなたへ引き上げる。トロイア側は、

「ギリシャの船が逃げて行くぞ。勝った、勝った」

と大喜び。浜辺に残された巨大な木馬は戦利品としてエンヤコラ、エンヤコラ、城壁の中へ運び込み、あとは戦勝大祝賀会。トロイアの兵士が酔いしれて眠るころ、木馬の中からギリシャ兵が忍び出て城門を開け、沖に向かって合図を送る。ギリシャの船団がたちまち戻って来て開かれた城門から攻め込む。かくて難攻不落のトロイア城も落城の憂きめを見ることとなる。

トロイア軍は全滅。たった一人生き残った武将アイネイアスはトロイア再興を夢見て地中海をさまよい、イタリア半島へ上陸。これが古代ローマ建国の基となる。

『トロイアの木馬』 ローマ美術
木馬を城壁へと曳くトロイア人と、空しく抵抗するカッサンドラを描いた壁画。
(ポンペイ出土・ナポリ、国立考古美術館蔵)
写真提供／ワールド・フォト・サービス

勝利の大将軍アガメムノンは華やかにミケーネに凱旋するが、留守を委ねた妃と、その情人によって暗殺される。

オデュッセウスは単眼巨人の住む島に流れ着いたり、船上から故国のかまどが上げる煙を見るところまで来ながら部下がウッカリ風神のくれた風袋を開いてしまい、また海の果てまで流されたり……いくつもの冒険は〈オデュッセイア〉このかた、いろいろな文芸作品に語られている。

シュリーマンの夢

しかし、このテーマを語る以上、ハインリッヒ・シュリーマン（一八二二〜一八九〇）に触れずにはすまされまい。シュリーマンはドイツの小さな町に、貧しい牧師の子として生まれた。

七歳のときトロイア戦争の物語を知り、本の挿し絵を見て、

――これは本当にあったことだ――

と、わけもなく信じてしまう。

「ばかね。ただのお話だよ」

と笑う大人たちを尻めにハインリッヒ少年の信念は揺がない。

――だったら、ぼくがいつか発掘してみせる――

大人になってもこの夢を忘れず、まず船会社を起こして、しっかりと蓄財し、四十一歳を機にビジネスから身を引き、私財を投じてトロイアの遺跡捜しに挑んだ。言ってみれば桃太郎の物語を聞いて鬼ヶ島を捜し始めたようなものである。

苦節三年、シュリーマンの無謀な夢に神が身方してくれたと言うべき結末ではあるまいか、ついにトロイアの遺跡をさぐり当てる。

大人になったシュリーマンは子どものころとちがって考古学を正式に学び知識を深め、それなりの裏づけを基にして調査発掘を続けたのは本当だったが、十九世紀の末葉では、この方面の学問はまだまだ揺籃期にあった。シュリーマン自身も本格的な学者ではなかった。だから調査発掘の方法や遺跡遺物の評価認定などには不適当なところが少なからずあったけれど、とにかくこの常軌を逸した偉業により考古学が飛躍的に新しいレベルに突入したのは事実である。

なによりも大きな発見はトロイア戦争がお話ではなく歴史であった、ということだ。もちろんパリスの略奪から始まったものではなく、一つの海を挟んで繁栄した二つの勢力の政治的経済的覇権をかけた争いであったことは疑いない。それを神話に歌いこんだのが古代ギリシャ人の芸術性である。これもまた興味深いことではないだろうか。

第七章

ハデス

……ギリシャの閻魔さま

イタキとケファリニア

ギリシャの海というと東側のエーゲ海がもっぱらツーリストの人気を集めているようだ。島々の名前もよく知られている。だが私見を述べれば西側のイオニア海もわるくない。風光明媚という点では甲乙をつけがたいし、イオニア海のほうが素朴で、ひなびた快さがある。

オデュッセウスの故里イタキ島はこの海に浮かんでいる。九十六平方キロということだから北海道の礼文島くらい。南北に細長いところもよく似ている。すぐ隣に八倍ほど大きいケファリニア島があって、アテネ空港からまずケファリニアに入り、そこから船でイタキ島に行くのが通常のコースである。島にはオデュッセウスが宝を隠したという洞窟、それから、

「このへんにオデュッセウスの館がありました」

と、ガイドが指さす畑地があるけれど、所在地が学術的にはっきりと断定できているわけではない。オデュッセウスが実在したとしても、それは三千年以上も昔の話であり、彼は史実よりもホメロスの筆によって名を知られた人物なのだから……。

オデュッセウスの墓発見？

私がこの周辺の旅で見聞した滅法おもしろい話はイタキ島ではなく、いま述べたケファリニア島のほうである。

ケファリニア島の南の先端にポロスという港町がある。町の有力者らしい赤ら顔の男が、

「オデュッセウスの館は、ここにあったんですよ。イタキ島じゃなく」

「本当ですか」

「本当ですよ。オデュッセウスの墓が発見されましたからね。近く館の跡も発見されます。見当はついてるんです」

なぜオデュッセウスの墓とわかったか？

現地で新聞記事を片手に説明を受けたときには、私は真実小おどりしたくなるほど驚いた。ポロスに近い山中でオデュッセウスの時代と推定されるりっぱな墓が発掘され、そこからオデュッセウスのマントの留め金が出て来た、と言うのだ。現物を見ることはできなかったが、新聞には留め金の模様がぼんやりと写っている。

この模様というのはホメロスの残した叙事詩〈オデュッセイア〉の中に書いてある。オデュッセウスの妻ペネロペには夫の消息がつかめない。トロイアの戦場へ船出したまま生

きているのか死んでいるのか……。情報を求めるペネロペの前に一人の旅人が現われる。彼は近年旅先でオデュッセウスに会った、と言う。

「なぜその人がオデュッセウスとわかりましたか」

と尋ねるペネロペに旅人はオデュッセウスの特徴を語る。とりわけ、その服装。マントの留め金は「金の二重細工で、一匹の犬が仔鹿《こじか》を押さえている模様でした」と告げ、それはまさしくペネロペもよく知っている夫のマントの留め金であった……と〈オデュッセイア〉に書いてある。その留め金が古い墓から現われたのだから……これがオデュッセウスの墓でなくてなんとしよう。私が小おどりした理由もそこにあったのだが……あとで一人になって、ゆっくり考えてみると、

――おかしいぞ――

歓喜が急速にしぼんでしまった。

ホメロスはオデュッセウスの史実を細かく知っていたわけではあるまい。オデュッセウスが実在したとしても二人の間には五百年近い距《へだた》りがある。マントの留め金の模様なんて、詩人の勝手な想像にちがいない。それと同じものが墓から出て来たなんて……これはむしろ〈オデュッセイア〉を読んだ人が内容に因んでその通りの留め金を作り、なにかの理由で墓に入れたのだろう。実在したかどうかさえはっきりしない人物の……むしろホメロスの詩によってのみ詳細が伝えられた人物の、アクセサリーが実在して墓から出て来るなん

て、やっぱり本物ではあるまい。

古典の中の偉大な英雄オデュッセウスが支配した領地としては、ちっぽけなイタキ島より大きなケファリニア島のほうがふさわしく、またポロスの町は港が南に広く開けていて、南を重視したであろう往時の海上航路を考えればポロスあたりにこそオデュッセウスの館があったほうがふさわしい、と地理的に考えうるけれど、留め金の件はできすぎ、考古学と文学の大発見とはいくまい。

オデュッセウスの漂流談

地図を開き、さらに西へ目を移すとイタリア半島を越えてシチリア島がある。驚いたことにここにもオデュッセウスゆかりの地があるのだ。

別名三角島。三角形の東側の一辺にはメッシーナ、タオルミーナ、カターニア、シラクーザなど出色の観光地が並んでいる。とりわけタオルミーナの美しさは格別だ。

このタオルミーナからカターニアに至る途中に、観光コースから外れているが、一郭だけ岩礁の数多く散る海岸があって、

「オデュッセウスはここに上陸したんです」

と土地の人が言う。

オデュッセウスゆかりの地、イタリア南部シチリア島のタオルミーナ。現在は観光地である。
写真提供／イタリア政府観光局（E.N.I.T.）

「本当ですか」

トロイアからの帰り道にしてはずいぶんと遠くまで流されたものだ。

オデュッセウスの漂流談の中でひときわよく知られているのは単眼巨人のキュクロプスの住む島に上陸するエピソードだ。穴倉に閉じ籠められ、毎日仲間が一人ずつ巨人に食われていく。オデュッセウスが一計を案じ、ワインを作って巨人に飲ませて眠らせ、目を潰し羊の腹の下に隠れて逃げ出す。怒った巨人が追いかけて来て漕ぎ出す舟を目がけて岩を投げる。

「ここに散っているのが、そのときの岩ですよ」

「はあ？」

付近には夏場の観光客を当てにした簡易ホテルが五つ、六つ。ここが伝説ゆかりの海と記す表示一つなく、もちろんオデュッセウス羊かんもキュクロプスまんじゅうもない。私としては、

――どうしてこんなところまで流されてしまったのか――

トロイアからの帰途ならばエーゲ海にいくつも手ごろな島が散っているだろう。故里の島イタキの経度を越えてはるか西にまで舞台を設定した理由がよくわからない。

調べてみると、オデュッセウスは漂流の第一歩でジェルバ島に流されたことになっている。シチリアよりさらに西だ。第一歩を思いっきり西にすえたために、少しずつ東へ戻さなければいけなかったのかもしれない。おそらくこれは吟遊詩人ホメロスが伝聞で集めた珍しい外《と》つ国の情報を大衆に語ったサービスの一つだろう。知らない外国の話は、少し怪しいものでもおもしろいものだ。あるいはローマ人の好みがこのあたりに反映されているのかもしれない。いずれにせよオデュッセウスのエピソードはいろいろなところに散っている。

ギリシャ神話と日本神話

すっかり話が横道にそれてしまったが、この章のタイトルは冥界の王ハデスである。オ

デュッセウスは、この冥界も訪ねているのだが、そのことは後で触れるとして、ハデスのエピソードをいくつか紹介しておこう。

父親クロノスを追放したポセイドン、ハデス、ゼウスの三兄弟は、それぞれが支配する領域を分かちあう。ゼウスが地上を見おろす天空を、ポセイドンが海を、そしてハデスが地の底の冥界を担当する。

私はわけもなく日本の神話を思い出した。

矛のしたたりで日本列島を創ったイザナギ、イザナミ、二柱の神であったが、イザナミの命《みこと》が死にイザナギの命は黄泉《よみ》の国まで愛した妻を訪ねて行く。

「戻って来てくれ」

しかし、すでに黄泉の国の食べ物を食したイザナミの命は地上に帰ることができない。

愛しい夫の、たっての願いを聞いて、

「では、みなさんに相談してみましょう。でも私が帰るまでのぞき見をしてはいけませんよ」

と、まっ暗闇の中にイザナギの命を残して行く。

待てど暮らせど戻って来ない。待ちくたびれたイザナギの命が火をともして見ると、醜悪な妻の姿……。あわてて逃げ出すが、

「よくも見てくれましたね」

悪鬼たちをけしかけ、追いかけてくる。命からがら逃げのびたイザナギの命がけがれを清めたとき三柱の重要な神が誕生した。すなわちアマテラス大御神、ツクヨミの命、スサノオの命である。そしてアマテラス大御神が地上を見おろす天空を治め、ツクヨミの命が夜の国を治め、スサノオの命が海を治めることとなる。ギリシャ神話の三神とよく似ているではないか。ツクヨミの命は見えない世界の支配者だから別格扱い。重要な神なのにほとんどエピソードを残していない。まっ暗で見えないからだ。ハデスも地下の支配者で、これも別格扱いで、偉い神なのにオリンポス十二神の中には数えられていない。

よく似ていると言えばオルペウスとエウリュディケの話がある。竪琴《たてごと》の名人オルペウスと可憐なエウリュディケ。新婚の喜びのまっ最中にエウリュディケは蛇に嚙まれて死ぬ。喜びのさなかに忍び寄る黒い気配の象徴だ。かつてフランス映画の名作〈黒いオルフェ〉があったけれど、オルフェはオルペウスのこと。熱狂するリオのカーニバル。歓喜の最中にこそ黒い死が忍び寄っているのだ。いかなる神の天邪鬼《あまのじゃく》なのだろうか、こういう不幸は実在する。と言うより幸福の絶頂にあるときにこそ不幸が忍び足で近寄って来ているのではないのか、私たちの潜在的な不安……それをオルペウスとエウリュディケのエピソードは訴えているようだ。

悲嘆にくれるオルペウスは冥界へ、すなわちハデスのもとに、

「妻を帰してくれ」

『オルフェウス』 **モロー画**
これは、「オルフェウスの首を運ぶトラキアの娘」と呼ばれている。死してもなお、竪琴に乗り、エウリュディケを呼んでいたとか。
(1865年・パリ、オルセー美術館蔵)

と願いに行く。ハデスは憐れんで、

「よし、帰してやろう。だが地上の光を浴びるまで、けっして振り返ってエウリュディケを見てはならない」

と命ずる。

オルペウスが禁忌を破って見てしまうのはイザナギの命と同一である。かくてエウリュディケは永遠に戻って来ない。生きている世界に属する者が死の世界の真相を見極めようとするとき、それはタブーを犯すことであり、死の世界は冷酷に扉を閉じる、という寓意であろう。

ハデスの妻はペルセポネで、これはハデスが大神ゼウスの計らいを受けて、ある日、突然、大地を割って地上に現われ、一人野遊びをしている娘を略奪したものである。ペルセポネの母は豊作の女神デメテルで、たった一人の娘をこよなくかわいがっていた。必死になって捜しまわるが、どこにもいない。悲しみのあまり仕事をなおざりにし、おかげで地上の作物は枯れ果てて飢《き》饉《きん》が起こり始める。これでは大神ゼウスも困惑する。とこうするうちに、デメテルは娘の居場所をつきとめハデスのとこ

ろにかけあいに行く。

しかし、イザナミの命同様ここでもペルセポネは冥界の食べ物を食していた。それゆえに地上の人に戻ることができない。

「じゃあ、こうしよう。一年の三分の二は里帰りしてよい。しかし本拠地は冥界だ。三分の一はこちらで過ごせ」

と、いきな計らい。ペルセポネが母のもとに帰ってきているときはデメテルは歓喜に浸り、去ったあとは悲しみに沈む。地上に作物の実る季節と実らない季節があるのは、このためである、とギリシャ神話はここでもしゃれた説明を示している。

冥界の王ハデス

最後にハデスの住む冥界の構造だが……オデュッセウスが訪ねた記述によれば、西のかたオケアノスと呼ばれる海の果てにある。船で行き目印を見て上陸し供物《くもつ》を捧げて祈ると、周囲にチラホラと亡霊が現われ始める。青白い影を作り不気味な声をあげて飛びまわっている。太陽の沈む門を潜り抜ければ、そこは一面にアスポデロスという白い花の咲く野原で、このへんが亡霊たちのすみからしい。ハデスの宮殿はこの奥にでもあるのだろうか。

オデュッセウスは、死んだ母親や仲間たちの話を聞くのに夢中で、冥界の様子について

『ペルセポネの略奪』 ベルニーニ作
冥界の王、ハデスに略奪されるペルセポネ。
ハデスの妻となるが、大神ゼウスの計らいで
一年の3分の2は地上で暮らせるようになる。
（1621～22年・ローマ、ボルゲーゼ美術館蔵）
写真提供／ワールド・フォト・サービス

あまりつまびらかにしていないが、ほかの諸説から推測すると、やっぱり暗い穴を降りて行くらしい。この世とあの世の境にはアケロン川が流れ、カロンという渡し守がいる。ぼろを着た老人で銅貨を与えると舟を貸してくれる。ギリシャでは、このため死者の口に銅貨を一つ入れる習慣があったとか。三途《さんず》の川岸で一文銭を渡すのと一致している。

忘却の川も流れていて、川の水を飲むと現世の記憶を失う。コキュトス川は号泣の川で、ここでせいいっぱい泣いて悲しみを流す。

さらにアスポデロスが咲く野原を越えて進むと、奥に谷底がかいま見える。そこはタルタロスと呼ばれる無間《むげん》地獄で重罪人の置かれるところだ。タンタロス、シシュポス等が苦しんでいる。ハデスの館を守るのはケルベロスという犬で、頭が三つあって火を吹き、しっぽは蛇である。入って来る者にはおとなしいが、出ようとする者には激しくほえたてて逃がさない。館の中にはハデスとペルセポネ、閻魔《えんま》大王と同じく亡者たちの情状を調べて裁きを下す。それぞれいわく因縁を持つ三人の裁判官がこの仕事を助けている。

エリュシオンと呼ばれる理想郷もあって、善行を積み、神に愛された者はそこへ送られるが、これはハデスの管轄の外にあって内情はさらにつまびらかではない。行く人が少ないからだろうか。いや、いや、入ったが最後戻る気になれないからですね、きっと。

第八章

アポロン

……月桂樹は恋の名残り

太陽神アポロン

ギリシャ神話の大神はゼウス、これはまちがいないのだが、アポロンの権域も大きい。ゼウスが壮年の実力者であるのに対してアポロンは凜々《りり》しい青年のイメージ。太陽神であり、芸術、弓術、医療、予言、牧畜、哲学、アポロンのつかさどる仕事は大切なものばかりである。

おそらくもともとはギリシャ固有の神ではなく、周辺の地域の守護神であり、ギリシャ文化の拡大のプロセスでギリシャ神話に移入された神であったろう。アポロンという名前もギリシャ語では由来の説明がむつかしいものである。ちなみに言えばアポロンと一緒にレトから生まれたアルテミスも小アジア半島などであつく信仰されており、エペソスの博物館に現存する巨大な像は、

「これ、みんなオッパイなの？」

全身にいくつもの乳房をつけて、まことにまことに豊饒の女神にふさわしい。多産や豊作の女神としてこの地方で広く信仰されていたものが、ギリシャ神話に統合された、という事情であった。

二神の生まれ故郷ディロス島はエーゲ海の中央に浮かぶたった三平方キロの小島で、観

『エペソスの
アルテミス大女神像』
ローマ美術
エペソスは西アジア西岸の都市。像の高さは203センチある。(ローマ帝国時代、エペソス出土・ナポリ、国立考古美術館蔵)
写真提供／ワールド・フォト・サービス

『狩をするディアナ』 フォンテーヌブロー派
絵画では、猟犬か鹿が一緒に描かれることが多い。
美しく勇ましい女神ディアナ（アルテミス）。
（1550〜60年頃・パリ、ルーブル美術館蔵）

光地として広く知られているが宿泊施設すらない。周遊の船で立ち寄るか、近くのミコノス島に飛んでカイーク船で渡るか、訪ねやすいところではない。白いライオンの彫像が並んで訪問客を迎えてくれる。遺跡ばかりの島である。古くから神殿のある島として栄え、デルポイと並んでギリシャ人の信仰の中心地となった。神への信仰は政治的にも機能してヘラスの民の同盟の拠りどころとなり、統一の祭が催されたり供託金を預かる宝庫が作られたり、とりわけディロス同盟は歴史的に名高い。紀元前四世紀に当時の強国ペルシャに対抗するためアテネを中心に、二百に及ぶギリシャの都市国家が結集したものである。こうした統合の背後にアポロン神への信仰があったことは疑いない。

アポロン信仰のもう一つの拠点デルポイはペロポネソス半島の北に大きく深く入り込んだコリントス湾の中ごろから北へ入った山陵の中にある。背後はパルナッソス山塊の一部をなす断崖の山並で、今なお神々しい気配を漂わせている。霧が流れて、いっさいがぼんやりとかすんだりすると、たちまち太古の厳粛

さが身近に感じられてしまう。今は発掘された遺跡を見るばかりだが、古くはもっとも権威のある神託を得る聖域として多くの参拝者を集めていた。アポロンの神託をピュティアと呼ばれる巫女《みこ》が授けてくれたのである。ペルシャのクセルクセス、マケドニアのアレクサンドロスなど、名だたる大王もここで神の意向を尋ねている。

処女ダプネとの恋

さて、その守護神アポロンのエピソードだが、これも出自の多様性を反映して……つまり、いろいろな地方の守護神がアポロンに集約された痕跡があるのでエピソードも雑多に残されているのだが、私としてはまずダプネとの恋を語りたい。

ことの起こりは、ある日あるときアポロンがエロスに出会った。女神アプロディテの子とも言われる幼児で、いつも小さな弓矢を持って戯れている。

「なんだ、ちびっ子、危ないぞ」

弓術の神はからかった。

「平気だよ」

「撃てるのか」

「撃てるさ」

「ふふん。どうかな」

あざわらわれたエロスは弓に矢をつがえ、祈願してヒョイ、ヒョイと二本の矢を放った。金の矢はアポロンの胸へ、鉛の矢はダプネの胸へ。金の矢で射られたら恋のとりことなる。もうどうにも止まらない。鉛の矢で射られたらけっして相手を好きにならない。アポロンはダプネに対して激しい恋情を抱いた。

ダプネは河の神の娘で、まだ男女の恋などまったく関心を持たない、いたいけな娘であった。いかにも少女らしい清純な面ざし、小鹿のようにしなやかな肢体、いつも森で遊び、野を駈けて戯れる処女であった。

アポロンはダプネを見つけ、声をかける。ひとめ見たときから激情が胸に燃えさかる。

「ダプネよ。私の愛を受け入れてくれ」

いきなり声をかけられダプネは驚いた。

――男なんか不潔！　大嫌い――

そういう年ごろ、そういう娘なのだ。

すぐに逃げだした。

アポロンがあとを追った。追いながら求愛の言葉を吐いたが、ダプネは聞く耳を持たない。

「私はアポロンだ。ゼウスの子だ。万能の技を持っている。お前を幸福にしてあげよう」

身分をあかしてもダプネの足は少しもゆるまない。必死になって逃げていく。風に流れる金髪が美しい。

もとよりアポロンの足は速い。無理強いをしたくないので、ゆっくりと追っていただけのことだ。ダプネが本気で逃げるのならこちらも本気で追いついて腕を取り、しっかりと説得しなければなるまい。たちまち距離を縮め、背後から少女の肩に手をかけた。

ダプネは叫んだ。

「お父さま、助けて。私はいつまでも清らかな体でいたいの。たとえどのようなものに姿を変えてでも」

河の神は娘の声を聞き、願いを叶《かな》えた。

一瞬、ダプネの腕は指先から枝に変わり葉に変わり、全身が一本の木と化した。

いくつもの絵画や彫刻に扱われている有名なシーンであるけれど、十七世紀イタリアの彫刻家ベルニーニ（一五九八〜一六八〇）の刻んだ大理石像が出色だ（ローマのボルゲーゼ美術館所蔵）。ダプネは月桂樹となった。

呆然とするアポロン。三日三晩木の下で泣き続けた。それでもダプネは帰って来ない。

アポロンは仕方なく月桂樹の枝を切り、

「お前のことを忘れやしない。いつまでもそばにいてくれ」

輪を作って頭に飾った。アポロンの冠であり、古代オリンピックで、そして現代のオリ

『アポロンとダプネ』 ベルニーニ作
アポロンの求愛から逃がれ、月桂樹の樹に変身して行く処女ダプネ。アポロンは月桂樹の冠を身につけ、彼女を忘れまいとした。
(1622～25年・ローマ、ボルゲーゼ美術館蔵)
写真提供／ワールド・フォト・サービス

ンピックでも勝者にこのアポロンの冠が与えられるが、もとはと言えばダプネであった。ダプネのエピソードは、いつまでも清らかな乙女でいたい、乙女でいさせてやりたい、この世に伏在するひそかな願望を伝える寓話であり、その願いが尋常な手段では果せぬことを語っているのかもしれない。

医術の神アスクレピオス

ところで烏《からす》は昔まっ白い鳥だったとか。

テッサリアの領主の娘コロニスがアポロンの寵愛を受けていたころ、アポロンはデルポイの神殿に赴いて託宣や予言の仕事に忙殺され、コロニスの館に戻れずにいた。

コロニスは寂しさのあまり若い男を館に引き入れ……と、真相がはっきりしないのに館の鳥がデルポイまで飛んで、ご注進、ご注進。

「コロニスはよからぬことをやっていますよ」

とアポロンに伝えた。

怒ったアポロンは矢尻に恐ろしい願いを籠めた矢を北の空に向けてヒューッと放つ。狙いはたがわずコロニスの胸を貫いてコロニスは激しい苦痛にのたうちまわる。

「アポロン様、なぜでしょう？　今となってはなにも弁解いたしません。ただ私が身籠った赤子だけは無事に取り上げて育ててくださいませ」

せつせつと訴えて死んだ。

胎内の子は二人。一人だけが命を取りとめた。

アポロンはいっときこそわれを忘れて恨みの矢を放ってしまったが、コロニスはいとしい女であった。そのうえ、よく調べてみればコロニスに不倫があったとは思えない。

——あの烏め——

告げ口をした烏に憎しみが向かい、全身を煤《すす》けた黒の色に染め永遠に喪に服すことを命じた。その一方で、アポロンは残された赤子を半人半馬のケイロンに預けて養育をさせた。ケイロンは姿こそ珍妙だが能力はずば抜けている。ゼウスの父クロノスの子で、クロノスが馬のスタイルで人間の女と交わったため、こんな子どもが生まれてしまったのだとか。医術はアポロンが舌を巻くほど巧みであった。子どもはケイロンに育てられ、ギリシャ神話きっての医術の神アスクレピオスとなる。

どの時代にあっても人間は医術に深い関心を持たずにはいられない。アスクレピオスに対する信仰は到るところに点在し、とりわけ小アジア半島のベルガマにはアスクレピオスを祀《まつ》る神殿や往時の治療所の遺跡が発掘され、多くの観光客を集めている。小アジア半島の海岸は北のトロイアから始まってベルガマ、イズミール、エペソス……今はトルコの領土だが古くはギリシャ人が数多く住みついて活動をしていたところだ。ギリシャ神話を旅

アポロンとアルテミスの生まれ故郷で遺跡の
島として知られる、ディロス島のライオン像。
写真提供／ギリシャ政府観光局

するとき、この地域は断じて外せない。

まだまだ発掘されていない古代の財宝がこの地域に眠っているらしい。

アスクレピオスは医術の守護神アポロンの血を受け継ぎ、さらに医療の名人ケイロンの薫陶を受け、あっぱれ名医として無数の命を救ったが、あるとき、ついつい一線を越えて死者を治療して甦《よみがえ》らせてしまった。冥界の王ハデスが怒るまいことか。大神ゼウスに厳重な抗議をした。

「しめしがつかない」

まったくの話、死んだ者を生き返らせてしまったら世界の規律は目茶苦茶になってしまう。

「もっともだ」

太陽神アポロンは予言の神でもあった。数々の神託が下された、デルポイのアポロン神殿。
写真提供／ギリシャ政府観光局

ゼウスは雷火を投じてアスクレピオスを罰し、命を奪った。

大切な息子を殺されてアポロンは憤ったが、父なるゼウスに歯向かうわけにいかない。腹いせに雷火の製造に関わった巨人を惨殺した。

このことがまたゼウスの怒りをかい、アポロンは一年の間オリンポスを追われて人間《じんかん》に下り、召使いを務めねばならなかった。

この召使いの時期にもいくつかのエピソードがあるのだが省略しよう。やがてアポロンは許され、死んだアスクレピオスも神の資格を受けることとなる。卓越した医術を身につける者を、いつまでもないがしろにしておくわけにいかない。ゼウスにしても、ハデスの抗議を受けて罰してはみたものの、アスクレピオスの才能を無駄にすることはできなかったのだろう。

予言は的中しても？

アポロンは予言の神である。

ギリシャ人にとって予言とはどのようなものだったのか？　そもそも予言とはどういうものなのか？

「火事に遭いますよ」

と予言され、注意をすれば、その予言は避けられるものなのだろうか。それとも注意を越えて予言はその通り実現されるものなのだろうか。

現代にも実在しているさまざまな占いのたぐいを見て、この疑問を抱くのは私だけではあるまい。わるい予言を受け注意しても同じ結果なら、あらかじめ聞いておいて注意をする意味がないではないか。

ギリシャ神話を通して見る限り、予言はかならずその通り実現するようだ。歴《れっき》とした神が予言したものなら、その通りの事態が生ずる。起きないときは……なにかしら理由が伏在しているし、あるいは予言者そのものがにせ者なのだ。

『カッサンドラの予言』 ローマ美術
父王と弟パリスに自国トロイアの惨禍を予言するカッサンドラを描いた壁画。
(ポンペイ出土・ナポリ、国立考古美術館蔵)
写真提供／ワールド・フォト・サービス

トロイアの王女カッサンドラは未来を予見する能力を持っていた。百発百中、彼女の予言はすべて的中した。

カッサンドラにこの能力を与えたのはアポロンである。恋の贈り物として……。つまりアポロンがカッサンドラを見そめ、

「私の恋人になってくれたら予知能力を与えてやろう」

と約束した。

カッサンドラはそれをもらい受けたところでアポロンの恋人となった自分の未来を予知してみると、ろくなものじゃない。

「だめです」

と逃げ出しアポロンの意にそおうとしない。プレゼントを少し早く渡し過ぎたのだ。アポロンは、

――抱き合ったあとで予知能力を与えるべきだった――

と悔んだが、いったん与えたものは取り返せない。悔しまぎれに、

――よし、彼女の予言をだれも信じないように――

と、あらたにこういう条件を付加した。

かくてカッサンドラの予言はつねに的中するのだが、だれも信じてくれない。ギリシャ神話はこんなロジックを用いてストーリーの整合性を保っているのである。

第九章 ペルセウス

……夜空にかかる英雄

星座とギリシャ神話

星空をながめる。

昨今の都会ではめったに美しい星空を見ることができなくなったが、山里へ入れば、

——ああ、夜空はこんなにきれいなんだ——

ひっそりと光を降りこぼす大自然の神技を満喫することができる。

この星空に星座という絵画的な区分けが与えられていることは、たいていの人が知っているだろうけれど、はて、どれがどの星座なのか、きちんと指摘できる人は極端に少ないのではあるまいか。北斗七星を含む大熊座、北極星を含む小熊座、Wが美しいカシオペア座、ひときわ輝かしいオリオン座くらい。あとはペルセウス、アンドロメダ、ペガソス、獅子、蛇、双子……名前だけを知っているのがいくつか。南十字星は日本では見ることができない。

まったくの話、星空をじっとながめていても星座を特定するのはむつかしい。すぐに見つけることのできる北斗七星だって、これがどうして大熊になるのか、七つ星はその一部分らしいのだが、熊の形をなす全貌はつかめない。

いつか渋谷のプラネタリウムで、どの星空よりも鮮やかな星空が頭上にかかり、そこに

うっすらと神々や動物の姿が星座の輪郭を示して映し出されるのを見たけれど、これならばわかりやすい。

──古代のギリシャ人はこんなふうに見てたのかなあ──

太古、星座は今より鮮明であったろうし、加えてありあまるほどの時間をかけて夜空を仰ぐ機会が現代人より多かったと思うけれど、それでもなお私が見たプラネタリウムのように想像をたくましくすることはむつかしかったのではあるまいか。

それに、ギリシャ神話とのかねあいで言えば、もっとわからないことがある。釈然としない部分がある。

──もっと有名なエピソードが夜空に懸かっていてよいではないか──

輪郭がはっきりしないばかりか知名度が足りない。

すでにこのエッセイも八章までを完了し（多少は私の好みによってエピソードを選択したきらいはあろうけれど）大ざっぱなところこれまでに述べたお話がギリシャ神話の有名なエピソードである。パンドラの壺、白鳥と遊ぶレダ、アプロディテの誕生、パリスの略奪、オルペウスの嘆き、月桂樹に化すダプネ……もしギリシャ神話を本気で描くならば、こうした図柄が夜空に躍っていてよいではないか。それでこそギリシャ神話の輝く夜空というものではないか。

なぜそうではないのか？

結論を先に言えば、ギリシャ神話と星座は私たちが考えているほど深い関係があるわけではない。星座の概念はギリシャ文明に先んずるバビロニア、あるいはもっと古い文明からの伝承であり、ギリシャ人はすでにあったものに対して部分的に自分たちの神話を持ち込み、お茶を濁した、というのが当たらずとも遠からず。サッカーの用語の中にどれほど日本語が適用されているか、その程度のものなのである。

星座は原則として惑星を含まない。惑星はウロチョロ動きまわるから図柄の一部になりにくいのだろう。

しかし、この惑星にはギリシャ神話はみごとに導入されている。水星がヘルメス（マーキュリィ）、金星がアプロディテ（ビーナス）、火星がアレス（マーズ）、木星がゼウス（ジュピター）、土星がクロノス（サターン）、これならばまさしくギリシャ神話の主要な神々のオン・パレードと言ってよいだろう。ちなみに言えば、近代に入って発見された惑星についても天王星はウラノス（ユーラヌス）、海王星はポセイドン（ネプチューン）、冥王星はハデス（プルトー）とギリシャ神話の神々を並べている。漢字の天・海・冥までもがそれぞれの神の属性を伝えているではないか。

が、今も述べたように星座のほうはいささか精彩を欠いている。その中にあって、

――うん、これはギリシャ神話だ――

太鼓判を押してよいのは天空を高く駈けるペルセウスとアンドロメダだろう。

メドゥサの首

ペルセウスの父はゼウス、母はダナエ。第二章でも触れたように、わるい虫がつかないよう密閉された塔の一室に閉じ籠められている処女ダナエのところへゼウスが金の雨となって侵入し、交わった結果である。こうして生まれた子は男子なら豪傑、女子なら美人、これはギリシャ神話の公式だ。ペルセウスもこの例外ではない。

そもそもダナエが幽閉された理由が不吉な予言であった。ダナエの父アルゴス王は「孫があなたの王位を奪い、あなたを殺すだろう」という予言を受け、それを恐れて娘が子を生まないようにと箱入りにしてしまったのだ。

出産したダナエがいくら「ゼウスの子です」と言っても父王は信用せず、母と子を箱詰めにして海に流す。箱はセリポス島に流れ着き、救助され、母と子はここで暮らす。

ペルセウスが青年になってもダナエの容色は衰えない。島の王がなにかとちょっかいを仕かけるが、息子のペルセウスが、

「お母さん、あんな男とつきあっちゃだめだよ」

と妨害する。

島の王にしてみればペルセウスが邪魔くさい。王の主催する宴席に島の主だった人々が

招かれ、皆がりっぱな馬を贈り物として王に献上したが、招かれたペルセウスは、まあ、母子家庭のようなものだから手みやげにするものがない。苦境をつくろって、

「ゴルゴンの首でも持参したいところだが」

冗談を飛ばしたところ、

「さよう。ゴルゴンの首を持って来てくれ」

あげ足を取られ、大変な命令を下されてしまった。気ぐらいの高いペルセウスはあとに引けない。

「しからば取ってまいりましょう」

と約束した。

このゴルゴンというのは（このあとすぐに登場する有名なメドゥサはゴルゴン族の一人なのだが）髪は蛇、歯は猪《いのしし》の牙、手は青銅、黄金の翼をつけて空を飛ぶ怪物だ。顔の恐ろしさはただごとではない。見る者は恐怖のあまり身が凍え、そのまま石になってしまう。すみかはこの世の果てで、居所を知っているのはグライアイと呼ばれる老婆の妖精だけだと言う。

大変な難業だが、ペルセウスにはさいわい強い身方がついていた。

女神アテナが楯をくれ、さらに案内役をかって出てくれた。ヘルメスが被ると姿が消える隠れ兜《かぶと》と、飛行の靴を貸してくれた。川の妖精がゴルゴンの首を入れる特製の袋を備え

『メドゥサ』 ベルニーニ作
見る者を石に変えてしまう怪物メドゥサ。切られた首にもなお、魔力が残っていたという。(1630年・ローマ、カピトリーノ美術館蔵)
写真提供／ワールド・フォト・サービス

てくれた。

まずグライアイを捜し出さなければいけない。アテナに導かれて洞穴へ侵入すると、グライアイは三人の老婆で、一つの目と一組の歯しか持たない。おたがいに貸し借りしてそれを使っている。ペルセウスは隠れ兜で姿を消し、そっと近づいて、一人の老婆がもう一人の老婆へ目を渡そうとしている瞬間に手を伸ばして取り上げる。

「早く目を貸しておくれ。なにも見えん」

「いま貸したじゃないの」

「いや、もらってないわ」

大切な目を奪われて大騒ぎ。

「たった一つの目をなくしてしまって」

「悲しいけど、泣くに泣けないじゃない。目がなくちゃあ」

「捜すに捜せないわ、目がなくちゃあ」

しばらく困らせておいたところで、ペルセウスが、

「返してやるからゴルゴンの居所をおしえろ」

と脅迫した。意地のわるいグライアイも降参するよりほかにない。

首尾よく行く道を聞き出し、地の果てまで飛んで行けば、ゴルゴンもまた三人いるらしい。二人は不死身で、一人メドゥサだけが死ぬという。

ならばメドゥサの首を狙うべきだろう。

ぐあいのいいことに三人のゴルゴンは深々と眠っていた。

――あれがメドゥサだな――

遠くから見当をつけ、自分は姿を隠したままうしろ向きになって近づいた。

――メドゥサの顔を見てはいけない――

一瞬目をさましてにらまれたら、たちまち石になってしまうからだ。アテナが与えてくれた楯が役に立った。みごとに磨かれていて鏡のかわりになる。そこにメドゥサを映して直接顔を見ないようにして剣を振った。

私には光学的な説明はできないけれど、鏡に映して見るぶんには魔力も充分には機能しないものらしい。たとえば真夜中にふと目をさまし、鏡に映った幽霊を見たりしたら相当に怖いような気もするけれど、あれだって直接見るのよりましなのかもしれない。いくらみごとに磨かれていても楯の面は鏡そのものほどには鮮明に映せない。ぼんやりと映るだけなら、たしかに魔力も激減するにちがいない。

閑話休題。ただならない気配を感じてメドゥサは目を開けたが、ひとにらみしたのも束の間、

「ギャーッ」

剣が光り、叫び声とともに首が飛ぶ。

『ペルセウスとアンドロメダ』

モラッツォーネ画
怪物の餌食に供された王女アンドロメダ。メドゥサ退治の帰途、彼女を助けるペルセウス。

(1610年頃・フィレンツェ、ウフィツィ美術館蔵)

写真提供/ワールド・フォト・サービス

ペルセウスはそれをすかさず袋に納める。

血しぶきが散り、ほかのゴルゴンも目をさましたが、

「どうした?」

「メドゥサの首がない」

怒り狂って飛びまわったがペルセウスは隠れ兜で身を隠しているから、見つかるはずもない。

——これでよし——

ペルセウスは大急ぎで飛行の靴を用いて帰路についた。

だが、その途中、エチオピアの上空を飛んでいると、美しい娘が海辺の岩に縛られ、事情をただせば怪物の餌食《えじき》にされようとしている、という話ではないか。

王女アンドロメダ

娘の名はアンドロメダ。王女である。母なる王妃カシオペイアが器量自慢で、

「五十人もいる海の娘たちネレイスの中にも私ほどの美人はい

ないわ」

なんてほざくものだからネレイスたちが怒り海神ポセイドンにすがってエチオピアに大洪水を起こさせた。禍を取り除くためには「王女アンドロメダを人身御供《ひとみごくう》にさし出せ」というきつい命令を受けたのである。

ペルセウスは騎士的な義侠心から、加えて王女の美しさにひとめ惚れをして、婚約を条件に怪物退治を申し出る。エチオピア王家としては、

「お願いします」

旅の若者に王女の救助を願った。

もちろんペルセウスは怪物を成敗してアンドロメダを鎖から解き放った。

話は前後するが、エチオピア王の弟がアンドロメダの婚約者で、彼はアンドロメダを妻としたうえで王位まで得ようとひそかに狙っていたのだが、怪物退治をかって出るほどの勇気はなかった。アンドロメダが助けられ無事に帰って来るとなれば話がちがう。仲間を募り、ペルセウスに闇討ちを仕かけたが、

「これを見ろ！」

メドゥサの首を示され、みんな石になってしまった。

ペルセウスはめでたくアンドロメダを妻とし、メドゥサの首を手みやげにして母ダナエの待つ島へ帰った。

『アンドロメダを救うペルセウス』

ヴァザーリ画
飛行靴をはいた旅姿のペルセウスが、アンドロメダのいましめを解いている。足元に、メドゥサの首とその退治に役立った楯が見える。

(16世紀・フィレンツェ、ヴェッキオ宮殿蔵)

写真提供／ワールド・フォト・サービス

ペルセウスの留守のあいだ島の王はますます恋情を募らせてダナエをかき口説いていた。手籠めにされそうになりダナエはゼウスの神殿へ逃げ込む。ここで狼藉《ろうぜき》を働くことは許されない。島の王は兵糧《ひょうろう》攻めを企てダナエが折れて出るのを待っていると、そこへペルセウスが帰って来た。

たちまち戦闘が起こる。

が、たちまち戦闘は静まる。

メドゥサの首を見せれば、それでよい。島の王も、その家臣たちもみんな石に変わってしまった。この付近には猫がたくさんいて、これもみんな石になり猫目石がたくさん採れた……なんて、うそ、うそ、これは私が作ったジョーク、ギリシャ神話ではない。

さらにペルセウスは母の願いを聞いて母の故郷であるアルゴスへと向かう。

ダナエの父に当たるアルゴス王はまだ生きていた。「孫に殺される」という予言を聞いてダナエを幽閉し、さらに誕生したペルセウスを母ともども海へ流した、あの王である。

ダナエとペルセウスには恨みはなかった。

しかしアルゴス王は怖くてたまらない。国を捨て近在の町に身を隠す。しかし、この町でたまたま運動競技会が開かれ、たまたま通りかかったペルセウスが飛び入りで参加、投げた円盤がこっそり見物していたアルゴス王に命中し……予言はやっぱり実現したのである。

ペルセウスの冒険はみごとに夜空にきらめいている。ペルセウス、アンドロメダ、カシオペイア、メドゥサの首から生まれた天馬ペガソスも近くに懸かっている。

――ギリシャ神話を夜空に映すなら、このくらい派手にやってくれなくちゃあ――

と思うのは私だけではあるまい。

ヘラクレスもオリオンも一応は星座に名を連ねている。ともにギリシャ神話の英雄だが、彼等のエピソードはもともとどの民族の伝説とも融合しやすいものだ。バビロニア以来の伝承に便乗したのであるまいか。つまりほかの英雄の話だったのに、ギリシャの繁栄とともに夜空に忍び込んだ、ということだ。ペルセウスのエピソードも同様かもしれないが、登場人物がゾロリと出そろって、しかも燦然《さんぜん》と輝いているぶんだけ心強い。

第十章

アリアドネ

……私を連れて逃げて

クレタ島の迷宮

ギリシャの島々へはアテネ空港から放射状に空路が伸びている。空港のロビイに座っていると、いくつもの島の名前が表示されていて、

——えーと、あの島はどこかな——

一つ一つ確認するのが楽しい。どれもみな歴史のエピソードをはらんだ風光明媚の名勝地だ。その中でももっとも多くの旅行者を集める島と言えば、やはりクレタ島だろう。ミノア文明発祥の地。ギリシャ神話との関わりも深い。

大神ゼウスがパレスチナの海岸からエウロペをさらい、この島にたどりついて交わったことはすでに伝えた。この組合せから生まれた子どもの一人がクレタ島の伝説的な大王ミノスで、ミノア文明の名称もここから来ている。ミノス王の妃がパシパエ、王女がアリアドネという家系図である。

ミノス王は王位継承のとき海神ポセイドンに、

「私を王位につけてくれたら、りっぱな雄牛を神の生け贄《にえ》に捧げよう」

と約束しておきながら、王位に就いてしまうと、りっぱな雄牛を屠るのが惜しくなり、みじめな牛を捧げた。ポセイドンはおもしろくない。仕返しに王妃の心を狂わせ、王妃が

このりっぱな雄牛に激しい恋情を抱くようにしてしまった。王妃は雄牛と交わって半人半牛の子を生む。頭が牛、体が人間の男、ミノタウロスである。

――さあ、どうしよう――

ミノス王は王宮に仕える建築家ダイダロスに命じて複雑な迷路を持つ迷宮ラビュリントスを造らせ、その奥にミノタウロスを閉じ籠めた。いったん中へ踏み込んだら簡単には外へ出られない。脱出は不可能と言ってよい。ミノタウロスはここで成長し、人間を餌として食らう狂暴な怪物となった。狂暴であればこそ迷宮の奥深くに閉じ籠めておかねばならなかったわけである。

折しもクレタとアテネの間で戦争が起き、アテネは疫病の流行にも苛《さいな》まれて降伏。講和の条件は毎年七人の青年と七人の娘をミノタウロスの餌としてクレタへ送ること。アテネは泣く泣くこれを承諾した。

アテネ王の若い王子テセウスは、

「私を人身御供に加えてください」

みずから進んでこの犠牲者のグループに加わる。苦境を目前にすれば立ち向かうのが英雄の資質である。テセウスはポセイドンの血を受ける者とも言われ、七歳のときに、ほかの子どもたちはライオンの毛皮を見せられて逃げだしたのにテセウスだけは小刀を取って立ち向かったとか。十六歳で凶悪な山賊を何人も討ち殺したとか。すでにしてその勇猛さは巷間《こうかん》でささやかれていたのである。一説では王位継承権をめぐってアテネの王一族の間でトラブルが生じ、反テセウス派が策謀をめぐらしてテセウスを人身御供のメンバーに加えたとか、あるいはテセウス自身が、そんな状況の中で「われこそ王位を継ぐにふさわしい者」と天下に示すためこの冒険に挑んだとか、言われている。

アリアドネとテセウス

クレタ島に送られたテセウスは、その日のうちに王女アリアドネの心をつかんでしまう。〝英雄色を好む〟を地で行き、こっちのほうの手もすばやい。アリアドネはひとめ惚れ。エロスの金の矢に射られた、とも言われている。

——すてきな人だわ。なんとかしてあげなくちゃあ——

迷宮の設計者であるダイダロスのもとに走り、

「逃げ道を教えて」

「私にもわからんのです。設計図は王様の命令で焼いてしまいましたし、あんまり複雑に作ってしまったものだから……」

「なんとかならないの？」

「糸玉を持って入りなさい。一端を出入口に結んでおいて」

「ありがとう」

対策を知ったところでテセウスの部屋へ忍び込んで、

「たとえミノタウロスを退治しても迷宮からは逃げられませんよ」

「それが一番の問題なんだ」

テセウスも困惑していた。

「よい方策をお教えします」

「なぜ？」

「あなたが好きだから」

なべて昔話は男女の交接に関しては手っ取り早い。テセウスも憎からず思い、

「うん？」

「だから私を連れて逃げてください。あなたを助けたら、どの道、私はこの国にいられません」

「よかろう」

「船も用意しておきます」

「感謝する」

約束が成立し、テセウスはアリアドネから糸玉をもらい、それをほどきながらほかの犠牲者たちと一緒に迷宮の中へ入った。

『テセウスとミノタウロス』
イタリア派
アテネの王子テセウスが、クレタ島の怪物ミノタウロスを退治し、王女アリアドネの糸玉に助けられて無事迷宮から脱出する冒険譚が、一枚の画面に描かれている。
(1510〜20年頃・アヴィニヨン、プチ・パレ美術館蔵)

ミノタウロスが恐ろしい姿で現われたが、テセウスはひるまない。

「えいっ！」

一撃で怪物の命を奪った。

「さあ、みんな来い」

仲間を連れて迷宮を逃げ出す。アリアドネが待っていた。すかさず船に乗り込み、クレタ島を離れた。

イカロスの翼

事情を知ってミノス王は、

「なんと！　アリアドネが手助けをしたと？」

王女がアテネの若者に心を奪われたのは合点がいくけれど、迷宮からの脱出はアリアドネの知恵に余る。その点を訝《いぶか》しく思い、調べてみればダイダロスの入れ知恵とわかった。

「ダイダロスを罰しろ。息子のイカロスも一緒だ」

職人気質のダイダロスはかねてより発明発見に夢中になり、王の命令なんかどこ吹く風、勝手なものを作って王を不快にすることがよくあったのである。性質は息子にも伝わっているだろう。親子は迷宮に幽閉されてしまう。

「お父さん、なんとか逃げ出そうよ」

「うまい方法があるかな」

「空から逃げよう。鳥のように飛んで」

「おもしろい」

二人は鳥の筋肉に模して二台の飛行機を作った。

それぞれに乗って空に昇る。迷宮を眼下に見降ろして高く舞い上がった。

「イカロス、あまり高く飛ぶんじゃないぞ！」

「お父さん、いいながめだよ」

イカロスは若過ぎた。

発明の成功に酔い、どんどんと上を目ざす。

太陽が近くなり、接着剤に用いた蠟《ろう》が溶け始める。

「ああっ」

イカロスが叫んだときはすでに遅く、飛行機はバラバラになりイカロスも飛行機も青い海へと落ちて行った。生き残ったダイダロスはシチリア島に逃がれ、ここでもいくつかの発明を残したらしい。何年かのちミノス王がたまたまこの島を訪ね、酒席の戯れに、

「巻貝に糸を通せる者、いるか」

と難問を出したところ、身を隠していたダイダロスが蟻《あり》に糸を結びつけ、巻貝の中に押

し込み、中を這《は》わせて糸を通して献上した。

「おみごと」

しかしミノス王は考えた。

――ダイダロス以外にこんなアイデアを実行する者はいない――

シチリア島の王に向かい、

「私の家臣ダイダロスがこの地にいるはずだ。ぜひ返してほしい」

と談判した。

シチリア王もダイダロスの才能を珍重していたにちがいない。引渡すと見せかけ、ミノス王を暗殺させた。ミノス王に関わる伝説はたくさんあり、王の姿がいろいろなところに遍在するのだが、死地はシチリア島としてよいだろう。

野性の神ディオニュソス

さて、テセウスと手に手を取ってクレタ島を船出したアリアドネだが、その運命はむしろ辛いものであった。船はナクソス島に寄港する。テセウスがアテネを目ざしていたのならば、このコースは頷《うなず》ける。航路を少し東に採れば、周辺で一番大きい島がナクソスだ。

ナクソス島にはディオニュソスが住んでいた。酒神バッカスと同一視される男神で、すこぶる野性的。凶暴で、衝動的で、淫《みだ》らと言えば淫らなところを充分に持っている神である。本来はギリシャ神話の神ではなく、狩猟や放牧を生業《なりわい》とする未開民族の守護神だったろう。信仰は多分に呪術的であり、祭は粗製のワインに酔いしれて狂喜乱舞、相当に乱れている。ディオニュソス自身も頭に牛の角を生やしていたとか。有力な神だが、オリンポス十二神に加えられず、まれにはかまどの女神へスティアに代って参入が許されることもある一軍半といったメンバーだ。ギリシャ神話のところどころに登場するが、ディオニュソスを主人公としたエピソードに物語として出色のものは少ない。ぶどうの栽培に関わり、ワインに酔いしれているのが主な役どころと言ってよい。

ナクソス島でテセウス一行を迎えたときも野性的な宴会が催されたにちがいない。

「王女と一緒に逃げて来たのか。いい女だなあ」

酒席は相当に乱れたのではあるまいか。

テセウスの船が出港したとき船中にアリアドネの姿はなかった。眠っていて乗り遅れたということだが、もしそうならテセウスはあまりにも不注意だ。非人情だ。アリアドネの不在に気づいたら船を戻すべきだろう。真相は……テセウスの背信は弁明の余地がないけれど、ディオニュソスがアリアドネに惚れ込み、

「わしに譲ってくれ」

「いいとも」

『バッカスとアリアドネ』リッチ画
ナクソス島で、バッカス（ディオニュソス）の求愛を受け入れながらも、まだ、薄情な恋人テセウスを忘れかねる風情のアリアドネ。
(1713年・ロンドン、チズウィック・ハウス蔵)
写真提供／ワールド・フォト・サービス

密約が成立したからだろう。

アリアドネはディオニュソスと交わって四人の子をもうけている。出産のときディオニュソスと親しい女神アルテミスの呪いを受け産褥《さんじょく》で苦しみながら死んだというが、なぜ呪いを受けたか事情はつまびらかではない。アリアドネ自身が女神だったという説もあるのだが、ただひたすら自分が好きになった男に入れあげ、いっさいを捨ててすがりつき、あまりしつこいので嫌われ、捨てられるタイプの女性だったのかもしれない。

テセウスのほうは……先にミノス王への供物としてクレタ島へ送られるとき、

「首尾よくミノタウロスを退治して帰国するときは船に白い帆を掲げて凱旋しよう。黒い帆なら私は亡き者と思ってくれ」

と父王に告げて出発した。

ナクソス島からの帰り道、船は黒い帆を掲げ、テセウスは父との約束を失念していた。

「なんと！」

父は黒い帆を見て悲嘆のあまり自殺してしまう。あるいは脳卒中とも……。テセウスが悔んでも、あとの祭。代ってテセウスがアテネの王となった。

王となったテセウス

王としてのテセウスは貨幣を造ったり民主制を導入したり、侵略するアマゾン族を撃ちやぶったり、いくつもの功績を残したが、女性関係にはいささか問題があったらしい。いい女がいると、すぐに手を出して子を作る。ややこしい事情が生ずる。

若くて美しいパイドラを妻としたとき、前妻の子ヒッポリュトスは成年に達していた。この王子は父を見て反省したのか、女性は大嫌い、貞潔な人格で狩猟にのみうち興じていた。狩猟の女神アルテミスには好感を持たれたが愛の女神アプロディテはおもしろくない。

――いじめてやるわ――

と、ひどい意地悪を思いつき、パイドラを唆《そその》かし義理の息子ヒッポリュトスに恋い焦がれさせる。

王妃つきの乳母がパイドラの悶々たる恋の苦しみを知ってヒッポリュトスを説得するが、貞潔な人格がこんなよこしまな恋に応ずるはずがない。

継母を激しく詰《なじ》った。

逆恨みを抱いたパイドラは、ヒッポリュトスによこしまな恋を仕掛けられた、と書き残して自害する。

怒ったテセウスはヒッポリュトスを惨殺する。のちにテセウスは真相を知り、おおいに後悔するが、今さらどうしようもない。黒い帆を掲げて帰港したときもそうだが、うっかりしたあとで後悔するのが得意な英雄だったらしい。ヒッポリュトスはアルテミスによって清められ無事に昇天したという。後にエウリピデスやラシーヌの戯曲に想を与えた事件である。テセウスはこの後多くのエピソードを残し、最後はうっかり崖《がけ》から落ちて死んでしまった。落下の途中でも後悔したにちがいない。

二十世紀の初頭イギリス人の考古学者アーサー・エバンズ（一八五一〜一九四一）らの発掘によりクレタ島の文明が明らかになり、考古学や歴史学に多大な進展があったことはよく知られている。クノッソスの遺跡やイラクリオンの博物館は多くの観光客を呼び全世界的な人気を集めている。

この文明と神話の関わりは深い。とても深いような気がする。むつかしい言葉だが、二つは通底しているのではあるまいか。広大なクノッソス宮殿はミノタウロスの迷宮を髣髴《ほうふつ》させるところがあるし、雄牛が珍重されているのもこの文明の特色だ。パレスチナからクレタを経てギリシャへ文明が流れたことも疑いない。太古の歴史を伝説がどう伝えるか、その典型がここにあるような気がしてならない。クレタ島の歴史と伝説は底の部分でしっかりと通じあっているように見えるのである。

第十一章

メディア

…………毒草と恋ごころ

アルゴー船コルキスへ

古代のギリシャ人は果てしなく広がる海に向かって勇敢に大胆に挑戦した。それは海に囲まれた半島に住む民族の宿命であり、証であり、誇りでもあったろう。遠くまで行く旅となれば陸路より海路のほうが進みやすい。とりわけエーゲ海は飛び石のように島をつらねる海である。半島の東海岸に多くの町が繁栄した事情もあって早い時期から人々は船をエーゲ海にくり出し、さらにエーゲ海を越えて東へと進んだ。一つは小アジア半島の西海岸から南海岸を経てキプロス島へ、パレスチナの海岸へとたどり着く。もう一つはダーダネルス海峡の細い海を抜けてマルマラ海へ、黒海へと入り込む。ギリシャ神話に記されたアルゴー船の冒険は、この後者の海路を象徴する物語と言ってよい。

舞台はまずイオルコスの町である。現在のボロス。エボイア島の北にパガセ湾があり、その北岸に位置する港町だ。首都アテネに近接するピレウス、北の大都テッサロニキ、この二つに続く第三の港を有する町である。

このイオルコスをアイソン王が治めていたが、父親ちがいの弟ペリアスに謀られ王位を奪われる。

「兄はもう老齢だ。王子たちが成人するまで私が王位を預かる」

という約束であったが、当てにはならない。

王子たちは次々に暗殺され、末っ子イアソンだけが残った。イアソンは山中に逃がれ、半人半馬の賢人ケイロンに預けられて厳しい教えを受けた。ケイロンは姿こそ面妖《めんよう》だが知識は深い。医術の神アスクレピオスにも教えを垂れている。イアソンはりっぱな若者に育ち、成年に達したところでペリアス王の前に現われ、

「王権を返してほしい」

と、正当な権利を主張した。

もとよりペリアス王はやすやすと王位を譲る気など持ち合わせていない。しかし先王との約束は周知のことだし、若いイアソンは見るからに王にふさわしい威風を備えている。正当な要求をないがしろにしては示しがつかない。ペリアスはおもむろに、

「譲らないでもないが、あなたにそれだけの力量があるかどうか試さねばなるまいな」

「私に不満があると？」

「まあ、待て。あわてるな。よいことを思い出した。あなたは知るまいが、私の従兄《いとこ》にプリクソスという者がいた。ヘルメス神から金の羊をもらい、これにまたがってコルキスの国まで飛んでいった」

「はい？」

「そこでコルキスの王アイエテスに謀殺され、恨みをのんで死んでしまった。金の羊も皮

『アルゴー船』 コスタ画
イアソンを中心に、英雄や錚々たる人物たちが乗り込んだアルゴー船。その長く果敢な航海は、数々の伝説に彩られている。
(16世紀・パドヴァ、市立美術館蔵)
写真提供／ワールド・フォト・サービス

袋にされコルキスにあるとか。この羊毛皮《ようもうひ》を取り戻し、プリクソスの霊を慰めてやらなければヘルメス神に対しても申し訳が立たない。行って取り戻して来てくれ。よいな、無事に金の羊毛皮を持参して来たときが王位を譲り受ける日と思え」

「わかりました」

ペリアスの言葉はほとんど「死んで来い」という要求に等しかったが、イアソンは、

――王位に就く以上、多少の困難は覚悟しなければ――

と考えていたし、この時点では仕事のむつかしさを充分に知ってはいなかった。

コルキスというのはコーカサス（カフカス）、黒海の東の果てである。船で行くよりほかにない。イアソンは仲間を募った。若いながらイアソンの名はすぐれた勇士として広く聞こえていた。呼びかけに応えて優れた人物が次々に集ってくる。豪傑ヘラクレス、竪琴の名人オルペウス、千里眼のリュンケウス、医術にすぐれた（のちに医神となる）アスクレピオス、船大工のアルゴスなどなどである。アルゴスが五十人乗りの船を造り、アルゴー船と名づけた。用意万端を整えて船は東へ向けて出港した。

地図でながめれば一目瞭然、充分に長い航路である。ざっと二千キロ。アルゴー船は五十の櫂《かい》を持つ大船と伝えられているが、航路もはっきりしないし、寄港地で襲撃を受けることもありうる。すこぶる困難な航海と想像すべき情況であったろう。

コルキスの王女

　途中にいくつかのエピソードが散っている。とりわけヘラクレスが彼自身の都合で船を降りたのは大きなマイナス点だったろう。あるいはまた女だけが住む島に着いて歓待を受け旅の目的を忘れかけたり、岩と岩とがぶつかりあう狭い海峡では鳩を飛ばして通り抜けるタイミングを計ったり、困難に耐え神々の加護を受け、とにかく無事にコルキスまで到着した。

　しかしコルキスの王アイエテスは、イアソンの願いを聞いて、

「それはならぬ」

と、金の羊毛皮を返そうとしない。イアソンが、

「そもそもあの羊毛皮はヘルメス神が私たち一族にくださったもの。私どもの旅が首尾よく成功したのも、ヘルメス神の加護があってのこと。お返しにならないと神々の怒りをかいますぞ」

　と訴えると、

「ふむ。あなたに神の加護があるかどうか見せてくれ。この地には軍神アレスの雄牛がいる。脚は青銅、口から火を吹く暴れ牛だ。この牛にくびきをつけて畑を耕してくれ。そこ

に私が与える竜の歯を撒《ま》くと大勢の兵士が湧いてくるはずだ。それを全部討ち倒したら金の羊毛皮を返してやろう」

「承知しました」

ここでもイアソンは敢然と困難に立ち向かう。

同じころ、神々が天上からアルゴー船の冒険をながめて、

「頑張るわね、みんな」

「それにイアソンは、わりといい男じゃない」

神々はおおむね好意的であった。

「でもアイエテスは一筋縄じゃいかないわ。王女のメディアをイアソンの身方につけてあげましょうよ」

「それは名案ね」

幼神エロスが神々の意向を受けてプチュンと金の矢をコルキスの王女の胸に撃つ。たちまち王女メディアはイアソンに首ったけ。

難儀を押しつけられ困惑するイアソンの前に現われ、

「助けてあげましょう」

と薬草を渡す。煎《せん》じた液を体に塗れば、どんな火に焼かれても火傷《やけど》をしない。

イアソンはこの薬液のおかげで火を吐く雄牛を操り、土から現われた兵士を仲間と一緒

『イアソンを若返らせるメディア』
マッキエッティ画
コルキスの王女メディアが若返りの薬草を煎じてイアソンに与える様が描かれている。
(16世紀・フィレンツェ、ヴェッキオ宮殿蔵)
写真提供／ワールド・フォト・サービス

に平らげてしまう。

しかし、コルキス王はすかさず軍勢を送って皆殺しを計る。

「お逃げください」

とメディアに言われても、

「金の羊毛皮を手に入れなければ、ここまで来た甲斐《かい》がない。どこにあるのか」

「ご案内しましょう」

「なぜ?」

と尋ね返したのは王女がなぜ父王を裏切ってまで身方をしてくれるのか、理由がつかめなかったからである。

「あなたを愛しております。どうぞ一緒に連れてってください」

まなざしが深い恋心を訴えている。

「わかった。無事に故国へたどりついたらあなたを妃にしよう」

「かならず?」

「かならず」

約束が成立し、メディアは文字通り献身的にイアソンに身方することとなる。

なによりもメディアは薬草について知識が深かった。実行力もある。迷うことなく決断する。情念のメラメラと燃える女でもあった。身方にすれば頼りになるけれど、恨まれたら厄介だ。

金の羊毛皮は不眠の竜が見張っていたが、これもメディアが用いる薬草の匂いで眠ってしまう。イアソンは目がくらむほどに輝く金の羊毛皮を手にして船へ逃げ帰る。もちろんメディアも一緒だ。

「出発だ。急げ」

しかし航路はすでにコルキスの王子の軍勢に……メディアの弟の大軍に阻まれていた。

「いったん羊毛皮を返そうか」

敵の大軍を見てアルゴー船内には弱気の声もあがったが、メディアは、

「いけません。返したところで皆殺しはまぬがれませんわ。私におまかせください」

弟をおびき寄せ謀殺してしまう。

指揮官を失って敵の大軍も動揺する。そのすきを狙ってアルゴー船は危機を脱出した。

情念の女メディア

イオルコスに帰ったイアソンは金の羊毛皮を引っ下げてペリアス王の前に立つ。

「さあ、王位をお譲りください」

「まあ、急ぐな」

『怒り狂うメディア』ドラクロワ画
イアソンへの憎しみに駆られ、彼との間に生まれた我が子まで手にかけてしまうメディア。
(1862年・パリ、ルーブル美術館蔵)

言を左右にして、また難題をふっかけそう。

ここでもメディアが一計を案じ、

「私、若返りの薬を持ってますのよ」

と、熱湯の中に薬草を入れ、老いた羊を入れると、なんと！

本当に若い羊に変わってしまう。

ペリアス王が、ちょうど老化を気にかけている矢先だったから早速、

「私にも頼む」

熱湯に入ったが、大切な薬を一つ抜いておいたので若返りはおろか、そのままギャフン、昇天となってしまった。恋のためなら人殺しなんか、どうということもない。

惨劇のあとメディアはめでたくイアソンと結ばれ子どもまで誕生したが、イアソンはメディアの激しい気性を知っていてか知らずにかコリントスの王女とねんごろになる。

――くやしい。許せない――

メディアはコリントスの王女にすばらしい衣裳を贈る。内側にたっぷりと猛毒を塗り込めて……。

コリントスの王女は贈り物をまとったとたんに即死。駈《か》けつけて娘を抱いたコリントス王も衣裳に手を触れ、死んでしまう。私なんか、

「メディアは恨みを晴らすならイアソンに対してでしょう」

と言いたいが、エロスの矢で撃たれ、心底イアソンを愛しているメディアにはそれができない。女心のあわれさ、であろうか。

とはいえ、メディアの心中にあるのはやっぱり普通の愛と憎しみではなかった。

――あの人の子も、厭《いや》っ！――

イアソンとの間にもうけた自分の子も殺してしまった。イアソンのエピソードはこの後も少し残されているが、メディアの消息ははっきりとしない。わが子を殺した猛女はその後どんな一生を送ったのだろうか。

激情の女は文学作品のヒロインにうってつけである。いくつかの戯曲が創られているが、この情念をあわれと見るか、憎いと思うか、ドラマの印象は相当に異なって映るだろう。

青銅器の錫はどこから？

話は少し変わるが、私は古代ギリシャの歴史に関心を持ち始めたときから、

――なぜ青銅器なのか――

ずっと心に疑問を抱き続けている。

ギリシャ神話の時代は、鉄器の使用はまだまばらで、おおむね青銅器時代の文明を反映していると考えてよい。

青銅は銅と錫《すず》の合金だ。ところがギリシャを中心とする地中海世界は銅こそ充分に産出するけれど錫はほとんど取れない。錫のないところでなぜ青銅器の文明が誕生するのか。これが第一の疑問である。

おそらくいくらかは産出した時代があったのだろう。しかし、すぐに掘り尽し、産出しなくなってしまう。

銅は軟かい。錫が入って初めて強度を増す。武器が作れる。古代のギリシャ人は競って錫のありかを求めたにちがいない。

現在の学説ではイングランド南西部のコーンワル地方からの搬入で古代ギリシャの錫を賄《まかな》った、となっているが、私は首を傾げる。あまりにも遠過ぎる。そのルートから少しは入って来たかもしれないが、それだけでは不充分だったろう。

学者は確かな根拠のないことは学説として発表できない。その点、小説家はフィクションを生業としている。蓋然性の高いことならば、

――事実はきっとこうでしたね――

と、まことしやかに書くことが、まあ、許されている。節度は必要だが、だれしもがや

っている。学者をして「小説家はいいですね」と言わしめる所以《ゆえん》である。

一九九四年に私は〈新トロイア物語〉を上梓した。トロイア戦争を素材にした長篇小説だ。神話や伝説を下敷きにして綴ったが、トロイア戦争の原因の一つとして〝ギリシャがトロイア周辺で産出する錫を狙った〟という視点を書き加えた。小アジア半島はわずかながら産出の根拠を残している。もしそうならばアガメムノンを総大将とするギリシャ軍にとっておおいに魅力的だったろう。

アルゴー船の東進もその一つかもしれない。カフカスまで入れば錫は充分に産出した。

過日、歴史地理学の泰斗・金子史朗氏の〈アルゴー号の冒険・トロイア戦争〉（原書房刊）を読んでいたら、同じ主旨のことがエッセイ風に記してあった。エッセイ風ではあるけれど、学者の考えである。

――よかった――

胸を撫でおろしたのは本当だった。

第十二章 オイディプス

……運命の悲劇の代表として

多くの〝ギリシャ神話〟

ギリシャ神話には絶対的なテキストが実在していない。大ざっぱな言い方が許されるならば、ギリシャ神話は加えることも差し引くことも自由にできる物語群として伝えられて来たものであり、輪郭にははっきりしない部分が残されている。

神話そのものは充分に古い時代からギリシャ民族が住む各地に伝承されていただろう。紀元前八〜七世紀にホメロス、ヘシオドス二人の詩人が現われ、周辺にある伝承をまとめて歌ったいくつかの作品が、現在根拠とすることのできる一番古い資料である。このとき採用されず、あとで甦《よみがえ》ったエピソードもあったにちがいない。

やがて紀元前六〜五世紀、古代ギリシャ文芸の全盛期を迎え、アイスキュロス（紀元前五二五〜四五六）、ソポクレス（紀元前四九六ころ〜四〇六）、エウリピデス（紀元前四八五ころ〜四〇六ころ）を代表とする劇作家が輩出し、彼等はホメロス、ヘシオドス以来のギリシャ神話を繫く題材として扱いながらも、自由に添加削除して自分流の伝説を創り、これが新しい伝承として神話にプラスされた。

古代ローマに移り、ローマ人の神話が混入し、ローマ人の考えが加わり、また多くの文人も現われて、ここでもまた新しい伝承が創られる。

このようにして遠い時代に培われた物語の総体がギリシャ神話であり、少し遅れてさまざまな編纂者が現われて自分の〝ギリシャ神話〟を編んでいるが、それとても絶対的なテキストと言えるものではない。たとえば西暦前二世紀のギリシャ人アポロドロスの作った集大成は充分に信頼できる古典的なテキストではあるけれど絶対的なものとは言えまい。あくまでもそれはアポロドロスの選んだ〝ギリシャ神話〟であり、当然のことながらそこには彼より後の時代である古代ローマの影響は含まれていない。

近代に入り、さらに多くの〝ギリシャ神話〟が上梓されたが、これも大同小異である。たとえばトマス・ブルフィンチ（一七九六～一八六七）の著作は日本の読書界でもよく知られているものだが、多岐にわたる物語群を充分にカバーしているとは思えない。

一般に〝ギリシャ神話〟というタイトルで出版されている本には（1）網羅的に集めたもの（2）編纂者の考えで主要なものだけをピック・アップしたもの、とがあるようだ。（1）は詳しいけれどややこしい。〝一説によればこう、もう一説によればこう〟と記述は錯綜するが、資料としての価値は高い。呉茂一氏の〈ギリシア神話〉上下（新潮文庫）は、私の知る限りこの方面のもっとも優れた一書である。一九九八年翻訳出版されたロバート・グレイヴス（一八九五～一九八五）の〈ギリシア神話〉（紀伊國屋書店）も網羅的で、エピソードをよく集めている。

このエッセイは、もちろん（2）のほうだ。しかし（2）といえども絶対に外せない部分がある。大神ゼウスを中心にするオリンポス十二神のエピソードがそれであり、さらに後世の著名な文芸作品が扱っているがために触れておきたいエピソードもそうだ。オイディプスからアンティゴネへと続く物語は後者の典型であろう。

オイディプスの悲劇

テーベの王ライオスは〝将来生まれる自分の子に殺されるだろう〟という託宣をアポロン神から受けていたので、日ごろから妃のイオカステと交わらないよう謹しんでいたのだが、ある夜、酒に酔って交わり、イオカステは懐妊、月満ちて男子が生まれると、赤子を山中で殺すよう家臣に命じた。家臣はいたいけな赤子を殺すことができず隣国コリントスとの国境のあたりに捨てる。コリントスの羊飼いが拾いあげ、コリントス王の館に連れ帰る。コリントスの王家に子がなかったので、王と王妃はこの赤子を神の授けものと信じ王子として育てた。これがオイディプスである。

成長したオイディプスは「おまえは王と王妃の子ではない」という噂を聞いて不安を抱えデルポイに赴いてアポロンの神託を求めた。

神託は「故郷へ帰ってはいけない。もし帰れば父を殺し母を犯すであろう」と告げる。

――そんなことになったら大変だ――

なにも知らないオイディプスはコリントスへ帰ることをやめ、そのまま旅に出た。そして山間の嶮《けわ》しい峠道まで来たとき、むこうから馬車が来る。頑固そうな老人が、

「どけ！　道を開けろ」

と命ずるのだが、オイディプスは、

「私のほうが先に来た。そっちこそどけ！」

口論となり、争いとなり、オイディプスは老人を馭者《ぎょしゃ》もろとも谷底に叩き落として殺してしまう。従者一人が逃げて行ったが、なにを隠そう、この老人がオイディプスの実父にしてテーベの王ライオスであった。

オイディプスは旅を続け、テーベの町に入る。テーベの町は王を失い、人心は混乱していたが、それとはべつに、

「またスピンクスが現われた」

と、人々はもう一つの災難におびえていた。スピンクスは顔は人間の女、体はライオン、そして大きな鳥の羽をつけている怪物だ。ときおりテーベの丘に現われ、下を通る者に謎《なぞ》をかける。答えられなければ食い殺してしまう。

「朝は四本足、昼は二本足、夜は三本足、なにか？」

と、オイディプスは尋ねられ、

「それは人間だ。幼いときは這《は》い、成長すれば二本足で立つ。老いては杖《つえ》をつく」

正解を示すと、スピンクスはみずからの敗北を恥じ、谷に身を投じて死んでしまう。

一方、テーベでは、王は死ぬし、スピンクスは襲って来るし、そこで〝スピンクスを倒した者が、この国の王となる〟とお触れが出ていた。

当然の帰着としてオイディプスはテーベの王位に就き、なにも知らずに自分の母イオカステを妻とする。オイディプスが聞いた予言はみごとに的中したわけである。

オイディプスが王位を継ぐとテーベに凶作が続き、悪疫が流行する。神の怒りを感じないわけにいかない。デルポイに使者を送り託宣を聞いてみれば「先王を殺した重罪人がぬくぬくと生きている。犯人を捜し出し懲罰せよ」とのこと。あらためてライオス王を殺した者を捜査してみると……争いの現場から逃げた従者の証言などもあって、オイディプスその人が犯人とわかる。

——私は父を殺し母を犯しているのだ——

言いのがれはできない。王妃イオカステは首を縊《くく》って死ぬ。オイディプスはみずから両目を潰し、贖罪《しょくざい》の旅に出る。

ふたたび王を失ったテーベではライオスの弟クレオンが摂政につく。オイディプスの残した王子二人がいて、ポリュネイケスとエテオクレス。成人したら一年交替で王位に就くことになっていたのだが、このシステムがうまく運ばない。争いが起き戦《いくさ》となり二人とも死んでしまう。摂政のクレオンは、争いの直前までテーベを治めていたエテオクレスの肩

『スピンクスの謎を解くオイディプス』
アングル画
旅の途中、オイディプスは、テーベの人々を悩ます怪物スピンクスと対決する。
(1808年・パリ、ルーブル美術館蔵)

を持ち、テーベ側の死者は手厚く葬らせたが、国外の者と手を組んだポリュネイケスは、そちら側の死者もろとも野にさらし鳥獣の餌食《えじき》となるにまかせた。

アンティゴネはオイディプスの娘。争った二人の兄弟の妹である。敢然と立ち上がり

「兄さんたちの屍《しかばね》が野に放置されているのはよくないわ。死んだ人を葬らないなんて、神への非礼よ。冒瀆《ぼうとく》よ」

と、人倫を訴えて抗議する。抗議が通らぬと知って自害する。

アンティゴネの恋人がクレオンの一人息子で、アンティゴネの死を知って彼も死に、息子の死を知ってクレオンの妻も死に……と、いくつもの悲劇が重なる。

紀元前五世紀に全盛を極め今日にまで命を長らえている、いわゆるギリシャ古典劇は、アリストパネスのような喜劇の作者もいたけれど、主流は先に挙げたアイスキュロス、ソポクレス、エウリピデス等が創る悲劇のほうであり、これらはギリシャ人の世界観を映して運命の悲劇といった色あいが深い。強く正しく生きているはずなのに、宿命的な不運のため、とてつもない悲惨に遭遇する、という構造だ。オイディプス王の悲劇はまさしくこれを伝えるにふさわしい。ソポクレスの戯曲〈オイディプス王〉がひときわ名高く、今日でも親しまれており、確かにそれだけの名作にちがいないのだが、こういう形で多くのギリシャ神話のエピソードが創り変えられ伝承され、

──もともとはどういう話だったんだ──

微妙に異なる話がいくつも現われ複雑化したのも本当である。

略言すれば、ギリシャ神話はギリシャ劇・ローマ劇の存在によって内容を広くした、ということであろうか。

さすがに二十世紀の作者が（たとえばジロドゥの〈アンフィトリオン38〉のように）変形しても、それはもうギリシャ神話の範疇《はんちゅう》には入れず、現代作家のパロディあるいはパスティーシュと見なされるが、モリエールやラシーヌなど十七世紀フランスの古典劇作者が書き加えた変形は、いつのまにかギリシャ神話そのものに加えられてしまう、と、そんな事態もおおいにありうるだろう。長い時間をかけて変遷して来たギリシャ神話は、そういう軟かい構造を持っているのだ。

演じられる〝神話〟

ギリシャ神話の成立と普及に大きな関わりを持ったギリシャ古典劇についても略言しておこう。古代ギリシャの人々は、こよなく演劇を愛した。現在、到るところに大がかりな円形劇場が残されていることからも往時の繁栄ぶりがうかがわれる。

劇場は低い舞台を囲んで客席が文字通り円形を作って高く伸びている。役者はすべて男

古代の有り様を今に伝えるエピダウロスの野外劇場。今でも定期的に古代劇が上演される。
写真提供／ギリシャ政府観光局

性で仮面をつけて登場する。演技することより朗々と台詞《せりふ》を訴える印象が濃い。ギリシャ古典劇の一番の特徴はコロスと呼ばれる合唱隊の存在だろう。十二人あるいは十五人が舞台と客席の間くらいに位置して歌を唄う。踊りを踊る。ときには劇中の群衆となって役者の代りもする。観客の代表となって歓喜したり驚いたり泣いたり臨場感を盛り上げる。コロスのありようは舞台芸術の本質に関わるものを示唆しているようだ。

古代のギリシャ人は、ただの娯楽として芝居を見ていたわけではない。劇場は娯楽場でもあったが人生について思索を深める道場でもあったのだ。

――これが神々のおぼしめしなのか――

と頷《うなず》き、

――オイディプスはこう悩むのか――

と、それぞれの運命に思いをはせながら見物していたのである。

現在でもときおり昔ながらの古典劇がギリシャ各地で上演されているようだ。とりわけエピダウロスの催しが名高い。この古跡には古代の野外劇場がほぼ原型に近い形で残されており、時期を定めて定期的に古代劇を上演している。古代ギリシャの時代そのままではないにしても、往時を充分に髣髴《ほうふつ》させて趣が深い。吹く風に乗って聞こえて来る古いギリシャ語を聞いていると、意味はわからなくても遠い昔にあるような気分が満喫できる。

神話を通して自分を考える

さて、ギリシャ人は神々をどう考えていたのか、第三章でも触れたが、大切なテーマなのでもう一度くり返しておこう。もちろん簡単に述べられるテーマではない。不充分ながら私の考えを記すならば、古代人は、神を全智全能にして強烈な力を持つ存在と考えていた。そのうえで神を信じ敬い、恐れていた。

――神の御心は計り知れない。しかし、どんな仕打ちが示されるにせよ、そこにはなにかしら人智の及ばない深い考えがあってのことなのだ。人間はひたすらその御恵みを信じ、祈りあがめるよりほかにない――

と考えていただろう。オイディプスが悲運に見舞われるのは、かならず過去のしがらみ、未来への布石があってのことなのだ。トロイア戦争だって人口の削減という不可避の配慮から発している。局面だけを見て神を疑ってはいけない。まさしく神は畏《おそ》れ多い存在なのだ、と……。

そして現代のギリシャ人は？　九十五パーセントまでがキリスト教徒である。ギリシャ正教の信徒である。ギリシャ神話は彼等の宗教ではない。信仰とは無縁の存在のように見える。

あるギリシャ人は私の疑問に答えてくれた。

「そうですね。信仰とは関わりが薄いでしょう。でもギリシャ人は子どものときからこの物語になじんでいますし、当然よく知っています。それがギリシャ人のアイデンティティの確立に役立っているのは本当です。こんなすばらしい物語を持っている、という自信です。想像力を培《つちか》い、そして、なによりも哲学です。知恵です。ギリシャ人はギリシャ神話を通して運命を考え、社会を考え、自分を考えます。私たちの知恵の一番深い部分を養っています。今でも、私たちはただのおもしろいお話として読んでいるわけではありません」と。

第十二章 イピゲネイア……生け贄の娘

バルカンの都市国家群

バルカン半島は山がちで平野が少ない。広い荒野を駈けめぐって大きな統一国家を作るには適さない。そういう発想が描きにくい。ポリスと呼ばれる小さな都市国家が各地に散って勢力を競っていたのは、一つにはこういう地形と関わっていただろう。アテネ、スパルタ、ミケーネ、テーベ、コリントス、今日風に言えば都市と呼んでよいような集合体が一応国家の体をなして機能していた。都市国家という呼び方は内容を表わしてふさわしい。

こうした多くの都市国家が「同じヘラスの民ではないか」と……つまり同じ民族であることを強調して集まったとき、それがギリシャと呼ばれる国家となる。古代ギリシャと通称されるものは、それであった。ちなみに言えば、歴史的にはギリシャ人はみずからのことをヘラスあるいはヘレネスと呼び、この傾向は現代でも充分に残っている。早い話、国名だってヘレネ共和国とでも訳すべき形が正式名である。

さて、話を古い時代に戻して……トロイア戦争のことはすでに第六章で触れた。エーゲ海を挟んで対立した二つの勢力、トロイアとギリシャの間で交された伝説的な戦である。この場合、トロイアのほうは王国と呼んでよかろうが、ギリシャのほうは、たったいま述べた事由により都市国家群、つまり寄りあい所帯であった。神話伝説の中にも、この情況はこのまま移行されており、いくら寄りあい所帯でも総大将がいなければ統制がとれない。戦争ができない。それがミケーネの王、アガメムノンであった。

トロイア戦争がただの伝説ではなく歴史的事実であった、と発掘によって証明したのが十九世紀のドイツ人の考古学者ハインリッヒ・シュリーマン。そのこともすでに触れたが、この章で私が語るべきことは考古学ではなく、ホメロスたちが歌ったフィクションのほう。トロイアの王子パリスが、スパルタの王妃ヘレネをさらって逃亡し、怒り狂ったギリシャの人々が、

「ヘレネを返せ」

ヘレネは莫大な財宝を持ち去っていたから、もちろんそれも一緒に、である。

「いや、返さない」

トロイアが反発し、この決裂から戦争が始まった、という伝説こそ、この章のテーマである。

ヘレネは大神ゼウスの娘にして絶世の美女。ヘラスの民のシンボル的存在だから、これを奪われてはギリシャ人の面子《メンツ》がたたない。王妃と財宝を奪われ、もっとも怒ったのはスパルタ王メネラオスだったが、テュンダレオスの掟《おきて》(これもすでに述べた)などもあって、ギリシャ各地から名だたる王や武将が結集して来た。このメネラオスの兄がアガメムノン。その領土のミケーネは神話の時代にもっとも繁栄していた国家であった。アガメムノンが

総大将となったのは、

「弟さんのとこの出来事だし、ここはやっぱり兄さんの出番じゃないの、普段から威張っているんだし」

といったムードだったろう。

アガメムノン王の決意

アガメムノンは確かに力強い王であった。

出自はアトレウス家、これも名門だ。強力な王家の強い力を背景にしてアガメムノンは民を従え他国を睥睨《へいげい》し、あまねく威光を周囲に示していた。横暴で、残虐で……阿漕《あこぎ》なことをやりかねない人柄でもあった。ギリシャ神話の中では屈指の英雄として数えられているが、私なんか、

「アガメムノンって、どこが偉いの？」

勇者にふさわしいりっぱな人格には見えない。これに対する答は、

「戦争に勝った将軍だからさ」

と……これは正しいかも。まことに、まことに、戦争で敗けた側はみじめである。現代でもそうだが、古代は殺され犯され奴隷に落とされ、目も当てられない。なにはともあれ

勝利をもたらしてくれた将軍は英雄の中の英雄、大衆にとって〝幸福を運んで来てくれた〟男なのだ。私の見たところアガメムノンの長所はそのくらいのものである。

さて、と、ここでようやく今回のヒロイン、イピゲネイアの登場、彼女はアガメムノンの娘であった。母はクリュタイムネストラ。舌を噛みそうな名前だが、今後のことを考えて、ぜひとも記憶に留めておいていただきたい。

トロイアを撃つためのギリシャの船団がアウリスの港に集って来る。海洋民族だから船を扱うことにはなれている。ホメロスの謡《うた》う〈イリアス〉によれば、船の数一千余隻。軍勢十万人あまり……。

——嘘だねえ——

と思うけれど、まあ、まあ、まあ、これはフィクションの世界なのだ。

群がり集って気勢を上げたけれど、

「困ったぞ」

「出鼻をくじかれてしまうなあ」

ちっともよい風が吹いてくれない。出帆がむつかしい。

ギリシャの地形は複雑だ。これは古代も現代も大差あるまい。バルカン半島の南に目を向けると、熊の手を垂らしたようなペロポネソス半島が目につく。狭い、狭いコリント地峡で本土と繋《つな》がっていて、ほとんど島みたい。その東にアテネを含むアッティカ半島が垂れ、さらにその東に半島に沿うようにして細いエボイア島が伸びている。このエボイア島のまん中あたりの対岸、島と本土とが一番接近したところにある、本土側の港がアウリスだった。今は大きな橋がかかり、エボイア側のハルキダのほうがはるかに大きい町らしい。アウリスのほうはセメント工場が建ち、昔の面影を残すのはアルテミスの神殿跡。古い井戸の跡も残っていて、かつては（と言っても神話の時代ではあるまいが）多くの船がここで水を仕入れたにちがいない。

帆を張って行く船旅にとって水も大切だが、風も大切。風が吹かなければどうにもならない。太古アウリス港に集ったギリシャの軍船も、そよとも吹かない空を見あげ、幾日も無為に過ごした。士気も低落する。これはアガメムノンが女神アルテミスの愛する鹿を射殺し、その祟《たた》りが下ったせいらしい。女神の怒りを解くには、

「イピゲネイアを人身御供として捧げるべし」

と、占い師が託宣を告げた。

アガメムノンはおおいに困惑した。

しかし、ここで女神の怒りを解かなければ行く先が案じられる。軍勢の士気にも影響する。オデュッセウスやメネラオスに勧められ、イピゲネイアをミケーネから呼び寄せた。

「すぐにアウリスへ来い。勇将アキレウスの妻になるのだ」

と偽って。娘は母クリュタイムネストラと一緒にアウリスへと馳《は》せ参じた。

『タウリスのイピゲネイアの頭部』 ローマ美術
アルテミスに救われ、タウリスで女神官となったともいわれるイピゲネイア。その目には悲劇的な光が…。(ノリクム〈古代ローマの属州、現オーストリア南部〉に残された壁画。オーストリア、クラーゲンフルト、ケルンテン州立博物館蔵)

が、待っていたのは、聞くだに恐ろしい火あぶりの祭壇。名前を利用されたアキレウスは怒り狂い、イピゲネイアを助けようとするが、それも叶《かな》わず、イピゲネイアは父の手で生け贄《にえ》に……。全身を固く縛られ、薪の上に置かれ、火がかけられる。

こうしてイピゲネイアは死んだ。

イピゲネイアにまつわる異説

いや、いや、いや、女神アルテミスが憐れに思い、雄鹿を替りにしてイピゲネイアを救い、クリミア半島のタウリス（タウロイ人の住むところ）に連れ去った、という説も有力である。

察するに前者が原話であり、後者が後のバリエーションではあるまいか。残酷さを削って優美なお話へと改良したわけである。

しかし、もっと劇的な秘話もあって、イピゲネイアはアガメムノンの実の娘ではない、とも言う。クリュタイムネストラは優しい夫タンタロス（地獄で苦しめられるタンタロスとは別人）と睦じく暮らしていたが、アガメムノンが横恋慕、タンタロスを殺し、クリュタイムネストラを奪った。そのとき、すでにクリュタイムネストラはイピゲネイアを身籠《みごも》っていたのである。クリュタイムネストラはアガメムノンに対して「あなたの子です」と

偽り、アガメムノンは「そうか、そうか」と生まれた娘をかわいがっていたが、何ぞ知らん、心の底では、

——ふん、俺を欺《あざむ》きやがって——

陰険に懲らしめの機会を狙っていたらしい。それがアウリスの悲劇の真相であった……。もしその通りなら、これは凄《すさま》じいインサイド・ストーリーだ。

二十年後、トロイアから凱旋したアガメムノンは、クリュタイムネストラと、その情人の手によって謀殺されるが、それも元をたぐれば、アウリスの恨みが一因であった、と話は元へ戻っていくのである。

イピゲネイアがどういう性格の女であったのか、父の命令に従うよりほかにない純情可憐な娘、あるいは自らの宿命を甘受し、進んで神のもとへ使者として旅立った強い女……。いずれにせよ生け贄にされるまでは……あえて言うならば、その酷い立場だけが役割と言ってよい登場人物である。火にあぶられて死んでしまえば、そこで文字通り終りの人生であったが、アルテミスに救われたとなると、後篇がある。

黒海の上を飛びタウリスに着いたイピゲネイアは、この地の女神に仕える女神官となった。すると二人の青年が女神の像を求めて訪ねて来る。タウリスの神殿には他国者を人身御供に供する習慣があり、青年たちがその目標とされる。青年たちはおのれの魂の救済を求めてゼウスの神託を聞き、その結果タウリスの女神の像を故郷に持ち帰れば救われる、

という設定になっていたのだ。イピゲネイアは若い二人に同情し、せめて一人は生かして故郷へ送り帰してやろうと考える。ところが、二人のうちの一人は、イピゲネイアの実の弟オレステス、もう一人は従弟《いとこ》のピュラデスとわかり、ともども女神の像と一緒に逃がしてやろうと企てる。タウリスの国王との間にいざこざがあったものの結局はアルテミスあるいはアテネ女神の加護によりめでたくすべてが収まる、というストーリーである。

ミケーネの王妃クリュタイムネストラが国王である夫アガメムノンを謀殺したことはすでに略述したが、タウリスを訪ねたオレステスはこの夫婦の実子であり、父を殺した母を憎しと思い、姉のエレクトラとともに母を殺し母の情人を殺し、その後タウリスへたどりついた。ピュラデスも殺害の仲間である。言ってみれば、アガメムノン側の人物。それをアガメムノンの手により火あぶりの祭壇に送られたイピゲネイアが助けるのだから話の筋は相当に入り組んでいる。事件の真相をどう解釈し、登場人物の性格をどうながめるか、アウリスからタウリスまで一連の事件を扱うときは判断がむつかしい。

文学作品のイピゲネイア

古代ギリシャの三大悲劇作家の一人エウリピデスが〈アウリスのイピゲネイア〉と〈タウリスのイピゲネイア〉を書き残している。前者は火あぶりまで、後者は火あぶりの後、とタイトルからも想像がつく。イピゲネイアの気高さが二つの作品を貫いている。

フランス古典劇の代表的作家ラシーヌ（一六三九〜一六九九）は、アウリスの惨事をテーマにして名作〈イフィジェニー〉を創り、ドイツの文豪ゲーテ（一七四九〜一八三二）もまた〈タウリス島のイフィゲーニェ〉を書いている。

トロイアから凱旋したアガメムノンを后のクリュタイムネストラが情人アイギストスと共謀して殺害するくだりは、エウリピデスに先立つ悲劇作家アイスキュロスの代表作〈アガメムノン〉につまびらかである。オレステスが姉のエレクトラとともに母と情人を殺して父の敵討ちを遂げるエピソードもヨーロッパ人には馴染みの深いもので、二十世紀に入ってもジロドゥの名作〈エレクトル〉やサルトル（一九〇五〜一九八〇）の戯曲〈蠅〉のテーマとなって親しまれている。ほかにも神話時代のこの出来事を素材とした作品がいくつか残されていて、一連のエピソードはさながら名作の鉱脈と言っても過言ではあるまい。

アウリス周辺は海と陸とが複雑に入り組んでいて、自分の立っているところが本土なのか、島のほうなのか、わからなくなるほどである。

――イピゲネイアを焼いた祭壇跡はないのかな――

ガイドに尋ねてみたが、残念ながらそこまでのサービスは施されていなかった。

第十四章

シシュポス

…………巨石を押し上げる知恵者

無間地獄タルタロス

ギリシャ神話では冥界の一番奥深い底にタルタロスと呼ばれる無間地獄があって、最悪の罪を犯した者が、ここで永遠の苦痛に苛《さいな》まれている。

たとえばタンタロス。タンタロスは大神ゼウスの親しい友人であったが、それをよいことにしてゼウスを騙し神々の食べ物を盗んで人間たちに与えたり、あるいは神々の知恵を試そうとして人肉料理を食べさせたりした。その罪科によりタルタロスに落とされ、受けた刑罰は……水辺の果樹の下に縛られ、果実はたわわに実り熟しているが手を伸ばすと遠のく、水は腰まで満ちてくるが飲もうとすると引いてしまう。永遠の飢えと渇きに苦しめられるというものである。現実社会において、ほしいものに囲まれ欲望だけは募るが、それを得ることができない飢餓感をタンタロス状態と呼ぶことがあるが、まさにその語源にふさわしい刑罰であった。

イクシオンもまたゼウスにかわいがられたのをよいことにして、その妻ヘラをかき口説こうとしてタルタロスに送られた。受けた刑罰は車輪に縛られ、永遠に回転し続けることであった。

そしてシシュポス。シシュポスは、ゼウスの恋を告げ口によって妨害し、そのとがで地獄へ送られるや今度は冥界の王ハデスを騙して生き返るなど、いくつかの悪事を犯してタルタロスへ落とされた。

察するにタルタロス送りは、ゼウスの身近にありながら、そのよしみを裏切って反逆した場合……判例から推測すると、そんな事情が見えてくる。現代なら大逆罪、国家転覆罪に相当する。ゼウスの父親のクロノスもここに幽閉されたとか。ゼウスはクロノスを倒して大神の地位に就いたのだから、この父親はおおいに警戒してよい相手である。地獄の底がふさわしい。

苦痛が永遠に続くことの苦しさ

それはともかく、シシュポスが受けた刑罰は……タルタロスにある丘の頂上に巨石を押し上げねばならない。全力を尽して急な坂を押し登り、いよいよ頂上と思ったとたん、巨石はゴロゴロと転がり落ちて、もとの地点へ。そこでまた押し上げる。永遠なる労苦のくり返し。こうして見ると、タルタロスの刑罰は、苦しみが永遠に続くところに特徴がある。確かに、この〝果てしなく続く〟という点にこそ、苦しみの本当の苦しさがあると言ってよいだろう。

日本の伝承にも賽《さい》の河原があって、これは幼くして死んだ子どもの霊が成仏できず、賽の河原で石を積んでいる。「一つ積んでは父のため、二つ積んでは母のため」と罪障消滅を願って積むが、日暮れとともに鬼がやって来て、積んだ石を蹴散らかす。翌日また同じように積まなければならない。その作業のくり返し。ダイナミズムに欠けるうらみはあるけれど、シシュポスの受けた刑罰とよく似ている。

子どもたちはどんな罪を犯したのかと言えば、幼くして死んで父母を悲しませたこと自体が罪なのだ。

「そんなこと言われたって、僕がわるいんじゃないよ」

と、現代の子どもたちなら苦情を言いそうだが、昔はちがった。お父さんお母さんのおかげで、この世に生を受けたのだから感謝しなければいけない。それをないがしろにしたのだから、罪は重い。

大神ゼウスへの反逆はギリシャ神話の……ひいては古代ギリシャ人の世界観の、根底を揺るがしかねないことなので重罪が科せられたのであり、賽の河原は親と子の関係をどう考えるか、これまた社会の根底を作る倫理観に関わっている。それゆえに、幼い子の魂が永遠の苦痛にさらされるわけである。両親がわるいのではなく、早く死んでしまって両親を悲しみのどん底に突き落としたこと自体が悪なのだ。古い時代の日本では親と子の立場は同じ人間というレベルではなく、子は親の持ちもの、孝行をするために生んでもらったのであり、それを果たさずに消滅してしまったのはペケであった。親と子の深い悲しみは

『シシュポス』 ティツィアーノ画
苦労の末、やっと丘の上に運んだ巨石は、頂上目前で転がり落ちる。無間地獄タルタロスで、無駄な労苦を永遠に続けるシシュポス。(16世紀・マドリッド、プラド美術館蔵)

地蔵尊を初めとする仏の恵みへと繫《つな》がっていき、賽の河原の無限の苦しみを消滅するため、

「さあ、お祈りしなさい」

と、もう一つの倫理が待っている、という構造である。

「知恵者」の系譜

話をシシュポスに戻して……シシュポスはこの世でもっとも奸智《かんち》にたけた男、とされている。ゼウスやハデスを騙したり裏切ったり、神々に対して不敬を働いているけれど、日常生活に関して言えば、奸智というより単に知恵を働かせている、といった印象が濃い。私たち人間にいろいろな知恵を与えてくれた人なのである。彼が牛泥棒に遭ったときには、犯人の目星をつけ、牛の蹄《ひづめ》に犯人の名を印し、動かぬ証拠をつきつけた、というエピソードなどはその好例だ。トロイア戦争の英雄オデュッセウスは、このシシュポスの息子という説もあり、それはオデュッセウスが奸智にたけていたから……その知恵が父親譲りと考えたからである。オデュッセウスは確かに、奸智にたけていたけれど、同時に知恵者としての能力を高く評価された人物である。奸智と英智は紙一重の差、やはりシシュポスは大神に反抗したことでことさらにわるく言われることが多かったのではあるまいか。

ここで少し横道にそれるが、ギリシャ神話の中の年代はわかりにくい。特定がむつかし

い。

神々は原則として不老不死、いつでも、どこにでも若々しい姿で現われて不思議はないけれど、その神々にだって、前にやったこと、今やっていること、未来にやること、エピソードには当然時間的な前後があるだろう。事件には当然のことながら人間たちも関わっている。こちらは命ある身で、やたら長生きができるものではない。親は子どもより年上でなければ理屈が合わない。

こういう視点で神話をながめてみると、にわかにつじつまが合わなくなり、

――ひどいなあ――

収拾がつかなくなる。詰まるところ、エピソードはそれぞれ独立したものと考え、相互の時間的前後はあまり気にかけないこと、この心構えを持って神話に接する道をお勧めしたい。そのかたわらで、まるっきり時間の前後を無視するのはつらいから、ギリシャ神話全体の流れの中で、一番古いころの出来事、中ごろの出来事、一番新しいころの出来事、感覚として三つくらいの区分を頭の中にぼんやりと描いておくことをお勧めしたい。

天地の創造、神々の誕生、クロノスとゼウスの戦い、などなどは一番古いグループに入る。一番新しいところにあるのはトロイア戦争と、それに続くオデュッセウスの帰還だろう。それ以外はおおむね中ごろくらい、これが目安である。

この視点でシシュポスをながめると、直感的に彼の活躍は相当古い。一番古いところか

ら中ごろに移るくらい……。なぜそう判断するかと言えば、シシュポスは地峡の町コリントスの創建者であり地球を支えるアトラスと親交があった。新しくはあるまい。

それが一番新しいところに属するオデュッセウスの父というのは……釈然としない。二人の知恵の働かせかたに共通するものがあり、遺伝的な繋がりを神話の中へ持ち込むようになった、と見るのが本筋だろう。

カミュ〈シジフォスの神話〉の意図

このシシュポスの存在を二十世紀の読書界にくっきりと顕在化させたのは、フランスの小説家アルベール・カミュ（一九一三〜一九六〇）の哲学的エッセイ〈シジフォスの神話〉の出版であった。

カミュは太平洋戦争の後に登場した作家と言ってよいだろう。昭和二十六年、代表作〈異邦人〉が翻訳出版され、これを読んだ小説家・広津和郎（一八九一〜一九六八）が、

「太陽がキラッと輝いたくらいで人を殺すなんて納得がいかん」

という視点から不満を発して厳しく批判した。事実、この小説の主人公は作品の中でそういう行動を採っている。これに対して文芸評論家の中村光夫が、

「この作品に含まれる新しい主張がわからないとは、年を取りたくないものです」

と、皮肉たっぷりに反論して〈異邦人〉を擁護、ここに異邦人論争という文学論争が起こり、世間の耳目を集めた。

カミュはなにを訴えたかったのか？　読書界が疑問を抱いたとき、それに答えるように〈シジフォスの神話〉が翻訳出版された。

簡単に言えば、カミュはギリシャ神話の登場人物シシュポスの無償の苦役の中に人間の真価を見出したのである。と言うより巨石を永遠に押し上げて止まないシシュポスの行動を比喩《ひゆ》として新しい哲学を訴えたのである。

第二次大戦後（厳密に言えば、もっと古くから）ヨーロッパの知識人たちの間では〝神は死んだ〟という意識が見え隠れしていた。大戦の惨禍が人々の心を苛み、なにを目的にして、どう生きたらよいのか、信ずるものを失い、虚無へと駆り立てる。第一次大戦のころから漂い始めていたロスト・ジェネレーション（失われた世代）の意識はさらに深刻化された、と見ることもできよう。

そのときにカミュは叫んだのである。

かいつまんで言えば、シシュポスはなんの目的も持たない。ただ無償の苦役を永遠にくり返すだけだ。だが、一押し一押し、苦しみながら石を押し上げていく情熱に注目しようではないか。

人生になんの目的もないことを自分自身を燃焼させる行為の中に実感しようではないか。

ながら、無償の努力に励むことこそ人生の喜び、シシュポスは転がり落ちていく巨石を見下ろしながら、

「よし、もう一度挑戦するぞ」

歓喜し震えるのだ、という主張であった。

平たく言えば（思いっきり俗化して言えば）、そこにどういう価値があるか問わず、ひたすら山登りに夢中になることに少し似ている。取り立てて言うほどの目的意識もなく世界中にとにかく旅してフォーク・ソングを歌う、その精神にも通じるところがある。大義名分はなくとも、自己の燃焼そのものに喜びを持ち、それを目的とすることはできるだろう。それが根元において目的などを持たない、この世界における生きる道なのだ、と……。

広津和郎のような古いタイプの文学者にはわかりにくいかもしれないが、ロスト・ジェネレーションの後継者にとっては、こういう開き直りを求めるよりほかにない、と、そんな心理もあっただろう。

この哲学と、太陽が輝いたために人を殺した〈異邦人〉と、どう関わっているか、簡単には述べられないし、ここで解説することでもあるまい。なんの目的もなく人を殺してしまう、小説的実験を通してカミュは世界の目的のなさ、そして失われた世代の実感を表わした、とだけ告げておこう。

それよりも、ここで強調したいのは、これが〈シジフォスの神話〉と題されたことのほ

うだ。現代のフランス人のカミュが自分の哲学を広く伝えようとしたとき、ギリシャ神話のエピソードに託した、という点こそ重要だ。

鬼の首でも取ったようにははしゃぐつもりはないけれど、ギリシャ神話が広くヨーロッパ人に親しまれ、また神話そのものが寓意性に富んでいることを示す一つの証左ではあるだろう。

ここにおいて英知溢れるシシュポスは現代の私たちに対しても、生きるための知恵を与えてくれたのであった。

第十五章　ミダス……黄金を愛したロバの耳

食べ物が金塊に、水は砂金に

エーゲ海の東方を占める小アジア（現在はトルコ領）は非常に古い時期からギリシャ人の住むところであり、ギリシャ文明を培う風土であった。

太古のクレタ文明は、この小アジア系の先住民によって創られたものと推察されるが、やがて紀元前二〇〇〇年ごろよりギリシャ人の一族であるアカイア人、イオニア人がバルカン半島の北から南下し、一帯を席巻、ミケーネ文明などを創った。さらに同じギリシャ系のドーリア人が移り住んで来て、エーゲ海をU字型に囲み（ギリシャ、クレタ島、小アジアのU字である）、島々を満たし、いわゆる古代ギリシャ文明が誕生する。都市国家群の成立は紀元前八〇〇年ごろであったろうか。

小アジアの海岸地帯は、当初こそギリシャ人の植民地であったが、いつしか本土とほとんど変わらない社会を築いていた。神話の舞台もこの地にまで及んでいる。

プリュギアは、現在の地図で言えば黒海の南西の地域を広く指す地名で、ミダス王が君臨していた。この王は少なくとも二つのエピソードでよく知られている。それについてはおいおい述べるとして……ミダス王の王宮には美しい庭園があった。ミダス王はこの庭に山野の精シレノスがやって来るのを知り、泉に酒を含ませて捕らえようと謀った。

シレノスは半人半馬の老人、毛むくじゃらで、馬の耳、馬の脚を持っている。男神ディオニュソスの従者で、その容貌に似あわず大変な知恵を持っていた。

シレノスは泉の水を飲みに来て酔っぱらい、ミダスは首尾よくこれを捕らえる。ミダス王がこの知恵者から得た教訓はなんであったか。

ずっと後になってギリシャの大哲学者アリストテレスが説くところでは、「人生は苦難の連続であり、生きることは禍い、死こそ望ましい」という教えであったとか。アリストテレスはプリュギア地方に住んでいたことがあったから、なにかしら古い伝承を得ていたのかもしれない。

シレノスはミダス王の歓待を受け、すっかりいい気分になって自分の主ディオニュソスのところへ帰って行った。ディオニュソスがミダス王のところに現われ、

「シレノスが世話になったな。お礼に、なんでも好きなことを叶《かな》えてやろう」

と言う。

これが第一のエピソードだ。ミダス王は思案のすえ……充分に裕福であったにもかかわらず、人は金銭を持てば持つほど欲深くなるというたとえもある通り、

「黄金がほしくてなりません。私の触れるものがすべて黄金になりますよう、お願いいたします」

「よかろう」

ディオニュソスは願いを叶えてくれたが、結果は目に見えている。杖や花や食器がたちまち黄金に変わったのはよいけれど、食べ物が金塊に変じ水は砂金になってこぼれる。日ならずして激しい渇きと飢えに襲われた。

「どうか助けてください」

とディオニュソスに訴えると、ディオニュソスはもとよりミダス王をとことん苦しめるつもりはなかった。

「よし。近くのパクトロス河へ行って体を洗え。そうすれば術が解ける」

ミダス王の苦難は消え、パクトロス河は以来砂金を産出することになったとか。

荒ぶる男神ディオニュソス

ディオニュソスという男神については、すでにオリンポス十二神のところ（第二章）で、あるいはアリアドネがナクソス島に置き去りにされたところ（第十章）で触れておいたが、ここでもう一度まとめておこう。本来はギリシャ北方の地トラキアあるいはマケドニアで信仰された男神で、酒神バッカスと同一視されている。農耕と酒の神だが、野性的で、呪術的で、卑猥なところもある。ゼウスを中心とするギリシャ神話の正統な神々とはちょっと立場を異にしている、と言ってよいだろう。古代人にとって農耕はすこぶる大切な営みだ。酒を飲んで豊作を祈り、酔うほどに乱れ狂い、原始的な呪術へと身を委ねていく。これこそがまさにディオニュソスの世界だ。感情が高ぶれば人間は理性を失い、野獣に近づく。あたかもその心境を具体化するようにディオニュソスの周辺には、先に述べたシレノスを初め、山羊《やぎ》男のサテュロスやパンなどがいて、その容姿の奇っ怪なこと、奇っ怪なこと。森の中から突然山羊と人間の中間みたいなのが現われたら、だれだってびっくりする。パン（pan）を見て驚き……それがパニック（panic）の語源になった、と、これは本当の話である。

ディオニュソス自身も山羊男たちも男根をむき出しにして突き立てるのなんか、毎度のこと、これだって人間と家畜の多産を願うえで大切なシンボル的絵姿と見ることができる。

その属性から判じてディオニュソス的な神は未開の民族たちの間で広く信仰されていたにちがいない。ギリシャ世界の拡大につれギリシャ神話も、この神を無視できなくなった。神話の随所に登場して力を揮っている。ギリシャ的な合理とは遠く、洗練の度あいも低い。しかし、こういう粗野な神を熱狂的に崇めたい要求も人間は持っている。宗教は陶酔感と無縁ではない。ギリシャ神話の中にディオニュソスが一定の立場を占め、時にはオリンポス十二神の中にも加えられるのは、こんな理由からだろう。正統ではない。ちょっと外れている。だが力強い。美しくはないが、愛すべきところがある。上品ではないが、セックスなんかは強そうだ。豪放な酔っぱらいを神にまで昇華させた存在、それがディオニュソ

『パンの勝利』 プッサン画
乱痴気騒ぎをする、パンとその仲間たち。ディオニュソス周辺の奇っ怪な住人たちの様子が描かれている。
(1636年・パリ、ルーブル美術館蔵)

スである。その性格は、たとえばギリシャ神話の中の端正な芸術神アポロンとは正反対、対照的と言ってよいだろう。

近代に入りドイツの哲学者ニーチェ（一八四四〜一九〇〇）が〈悲劇の誕生〉という著述の中で、芸術創造の意志傾向として、アポロン的なものとディオニュソス的なものと、二つのパターンが実在していることを提示しているのは興味深い。

アポロン的傾向は形式美と秩序を志向して明快だ。知的で、もの静かで、調和を尊ぶ。これに対してディオニュソス的傾向は、形式をうち破り、激情の赴くところを志向して、力強い。本能的で、あらあらしく、変調に傾く。ロココ様式はアポロン的、バロック様式はディオニュソス的と言ってもよいだろう。

お節介ながら十九世紀ドイツ人の著述にもギリシャ神話の神々が適用されることにご注意あれ。この神話がヨーロッパの古典であり、人類の英知であると訴える所以《ゆえん》である。

話をミダスに戻して言えば、シレノスが王宮の庭に入り込んだのは、ディオニュソスのお供をして旅をしている最中、酒に酔って道をはぐれ、眠り込んでいたのだ、という異説もある。シレノスがミダス王の歓迎にあって与えた知恵も、

「大洋のかなたに〝おだやかな国〟と〝戦争の国〟とがあって、前者では人々は笑いの中で一生を過ごす。後者ではすべての戦に勝つ。どちらもこのうえなく繁栄しており、人々は幸福に暮らしている。二つの国の代表が世界の見聞に出かけ、我等ギリシャ人が一番し

あわせな国家と信じている理想郷ヒュペルボレオスに来たが、あまりのみじめさにあきれて帰って行った」

という教訓談。ギリシャ人の理想も本当の幸福からははるか距《へだた》りがある、というわけ。だから、どうしろと言うのか……。困ってしまう。

シレノスの知恵は、死ぬのが幸福とする話も、この話も、どちらも現実の生活に対してはすこぶる懐疑的、悲観に満ち満ちている。

私たちの周辺でも、たとえばテレビ、たとえば新聞、

「日本はどうもならん。二十一世紀はろくなものじゃない」

賢いと評される人は、とかく悲観論を力説するものであり、この傾向はギリシャの昔も同じだったのかもしれない。楽観論より悲観論のほうが事実はどうあれ知的に見えるのは本当である。

王の耳はロバの耳

ミダス王の、もう一つのエピソードは、ある音楽競技会で王が審査に加わったことがあった。

アポロンが出場し、おおかたの判断はアポロンの優勝を認めたが、ミダス王だけが異を

唱えた。アポロンの怒るまいことか。

「お前の耳は、できそこないだ」

と、王の耳をロバの耳に変えてしまった。

王はこのことを恥として、ひた隠しに隠していたが、床屋は知ってしまう。

「口外したら死刑だぞ」

「は、はい」

床屋は黙っていたが、次第に秘密を守り通すことが苦しくなり、穴を掘って、

「王様の耳は、ロバの耳」

と叫び、穴を埋めた。

胸のつかえが取れ、これで一安心、と思ったが、一本の葦《あし》が根を伸ばし、この秘密を吸い取って、風に流した。たちまち噂が広がる。王は床屋を死刑に処し、みずからも毒を飲んで死んだ、という。

おそらくほとんどの人が、

「ああ、あの話か」

と知っているだろう。

秘密を守ることのむつかしさ、どう守っても秘密はどこからか漏れてしまうということ、これまた寓意性に富んだエピソードである。

第十六章 ピュグマリオン

……女神像を愛した男

アプロディテ誕生の島キプロス

この章もまたギリシャ本土を離れ、遠く地中海の東に浮かぶキプロス島が舞台である。キプロス島は四国の半分くらいの大きさ。ひとさまの国の情勢については、強大国はべつとして、あまりつまびらかではないものだが、この島は紆余曲折のすえ一九六〇年このかたギリシャ系のキプロス共和国となっているが、一九八三年北部でトルコ系の北キプロス・トルコ共和国が独立を宣言、いまだに分断状態が続いている。

なすび形の島の東側にパレスチナ海岸が迫っている。そこはヨーロッパ史の故里とも言うべきところ。その影響を受けてキプロス島は早くから歴史と伝説の中に見え隠れしていた。キプロスという名自体が銅の島を意味し、英語のカッパーもここから出ている。古くから銅の産地として知られ、青銅器時代にはことさらに注目されていた。

愛と美の女神アプロディテは、この周辺の海で生まれ、いくつかの島を遍歴したのちキプロスを住まいとしたようだ。今でもこの島でのアプロディテ信仰は顕著なものを示している。この女神について私見を述べれば……広く地中海の島や海岸で敬われていた女神がアプロディテ一人に結集されたのではあるまいか、である。それゆえにアプロディテは到るところにゆかりを持ち、男性関係も淫乱と言ってよいほど多彩で、これもともと一人の女神でなかったならば充分にありうること、いくつもの伝承を一つ身に集めているのではないか、と私は考えるのだが、それとはべつに興味深いのは、この女神の夫が鍛冶の神へパイストスである点だ。

二人の結婚のいきさつについては第五章で述べた。いかにも古い時代の物語らしいエピソードが創られている。が、伝説は事実と通底する部分を持つことが多い。へパイストスは青銅を細工させては右に出るものがない腕前、高い技術を持っていた。

アプロディテとへパイストスの結婚は、銅の産地と、大神ゼウスが与えた優れた技術との結合ではなかったのだろうか。文化史的なサムシングが見えてくるようだ。

王と女神の化身との不思議な出会い

閑話休題。ピュグマリオンは、このキプロス島の王であった。もしかしたら、この時点でピュグマリオンは正しい意味での王ではなかったかもしれないが、それについては後述する。神話の年代区分を言うならば、中ごろから新しいところへ移るくらいではあるまいか。そんな気がする。

すでにアプロディテへの敬愛は島全体に熱く広まっていて、到るところに美しい彫像が飾られていた。後代と異なるところは、ある日あるとき、点である。

なんて、熱愛に応えて女神自身がヒョイと姿を現わす、そんな気配が充分に漂っていた
「こんにちは」

ピュグマリオンのかたわらに、とてつもなく美しい女神の像が置かれていた。まっ白い象牙《ぞうげ》を用いて、完璧のプロポーション、表情も端整で、あでやかで、魅惑的だ。

なにしろ愛と美の女神なのだから、女神自身が美しいのは当然のこと。ならば、その姿を刻んだ彫像もまた美しい。パリのルーブル美術館の秘宝〈ミロのビーナス〉も美しいが、ピュグマリオンの秘宝はもっと、もっと美しかったにちがいない。

ただ素材が象牙ということだから〈ミロのビーナス〉のように大きくはなかっただろう。いくら太い象牙でも人間と等身大に造るのはむつかしい。王が自分で造った、という伝承もあるから、王自身ひとかどの芸術家であったのかも。それだけに愛着も深まる。彫り込んだ女体は美しさもさることながら、王の好みにも適っていたはずだ。

日夜、胸に抱き、手で撫で、頬ずりして、

「なんと、美しい、なんと愛らしい」

狂わんばかりに敬い、愛していた。それは明らかに恋であった。

――私の妻であったら――

と願ったことも想像にかたくない。

『ピュグマリオンと彫像』
バーン＝ジョーンズ画
自作の彫像をうっとりと眺めるピュグマリオン。
ラファエル前派の画家、バーン＝ジョーンズの
ギリシャ神話の連作のひとつ。
(19世紀・イギリス、バーミンガム市立美術館蔵)

この願いが女神に届いた。

昭和二十年代に〈ヴィナスの接吻〉というアメリカ映画が封切られて、あれはデパートの内装係が店に飾られたビーナス像に恋い焦がれて接吻、すると石像がビーナスに変わって抜け出て来る、という発端だった。ビーナスを演じたのは妖艶なエバ・ガードナー。私はピュグマリオン伝説を読むと、いつもあのイメージが心に浮かび、

——きれいはきれいだけど、大女で、ちょっと怖いなあ——

大和なでしこを想ってしまうのだが、欧米の女神なのだから大柄は仕方あるまい。ピュグマリオンの場合、女神自身が現われたわけではなく、女神が少女を遣わしたようだが、少女が女神の像そっくりなのだからこの区別はむつかしい。ただ、象牙の像とちがって、人間並の大きさではあったろう。

「王様、ここにおります」

声が響き、かたわらに美少女がほほえんでいた。

二人は交わってパポスという娘が生まれる。このパポスの生んだ男子がキニュラスで、やがて王となって島に繁栄をもたらし、偉大なアプロディテ神殿を築いた、と伝えられている。キニュラスの父はだれかと言えば……ピュグマリオンだという伝承もあって、こうなると父と娘が交わって男子を生み、それが次の王となった、という系図となる。

女系支配から男系支配へ

古い時代にあっては、かならずしも珍しい出来事ではないけれど、このケースは少し深読みをしてみよう。男子キニュラスを生んだ母パポスは、ピュグマリオンが女神の化身と交わって生まれた子なのだ。近親相姦とはいえ、神がかっている。

古い時代のキプロス島では、女神アプロディテに仕える巫女が統治の実権を握っていたふしがある。ピュグマリオンは、その巫女の代表を妻とし、アプロディテの加護のもとに娘パポスを得たと考えることができる。そしてさらにそのパポスと交わって生まれた男子を王とした。つまり、これは巫女による女系の支配から男系の支配への転換であった、と、見られないだろうか。話はにわかにロマンチックじゃなくなってしまうけれど、古代では宗教的リーダーから行政的リーダーへの移行は一つの必然であり、女神信仰の強い土地がらでは女権から男権へリーダーシップの変転には厄介な手続きが必要であった、と、これもうなずけることである。

ピュグマリオンは巫女の支配から王の支配への仕掛人、島を繁栄させ大神殿を創建したキニュラスに到って初めて島の王が誕生したのかもしれない。ピュグマリオン伝説は、性的な偶像崇拝……俗っぽく言えば人形愛などの元祖と目されることが多いけれど、それだけでは御しきれないものを含んでいるのかもしれない。

いずれにせよ、この神話はピュグマリオンがその後どうなったか、最後をつまびらかにしていない。はっきりしているのはパポスという娘を持ったあたりまで。この娘と交わってキニュラスが生まれたというのは、あくまでも〝一説では〟くらいのところ。が、ピュグマリオンにも当然のことながらそのあとの人生があったはずである。こうした面倒見のわるさは洋の東西を問わず、古い物語にはよくあること。さんざ騒いでおいて、あとは知らん顔。聞き手のほうとしては、

「そのあと、どうなったんですか」

と尋ねたくなるけれど、答えてくれるはずもない。釈然としないものが残ってしまう。

私自身が一人の語り部としてピュグマリオンの神話を、従来の伝承をそのままふまえながら結末をつけるとすれば……ピュグマリオンは象牙の像から化した美少女をひたすら愛した。夜を日に継いで、日を夜に継いで熱愛した。こうなると、アプロディテへの敬愛が疎《おろそ》かになってしまう。もとはと言えば女神に対する敬愛から始まったことであっても、生身の少女が女神同然に美しいとあっては、おのずから執心の赴くところは決まっている。

これを知ってアプロディテは、

「許せないわ」

嫉妬心は強い。たちどころに罰を下して美少女をかき消してしまった。このとき一緒に

ピュグマリオンも死を与えられた。あるいは絶望のあまりみずから命を絶ったのかもしれない。こんなプラス・アルファはいかがであろうか。

喜劇〈ピュグマリオン〉と〈マイ・フェア・レディ〉

イギリスの作家のバーナード・ショー（一八五六～一九五〇）が〈ピュグマリオン〉という喜劇を書いている。ドラマのストーリーはおおいに飛躍変貌して、神話のピュグマリオンが彫像から受けた奇跡を、二十世紀のロンドンを舞台にして言語学的に再現してみようという野心作である。

孤独な中年の言語学者が、下層階級出身の花売娘と出会い、

――ひどい訛《なま》りだなあ――

充分に魅力的なのに言葉遣いが卑しいことに発奮して、

「よし。三か月で侯爵夫人さながらに話せるように変えてみせる」

と、友人と賭《か》けまでして矯正に乗り出す。

涙ぐましいほどの特訓の連続。かくて娘の言葉遣いは飛躍的に美しくなり、立居振舞も上品になる。学者は大満足。しかし、娘のほうは、

――これほど熱心に教えてくださったけれど、それは私への愛情ではなかったんだ

わ——

と、もの足りなさを味わう。ただの学問的な追究。賭け事の勝利。動物の調教みたいなもの……。恋ではないし、素朴な人間愛ともちがう。学者はわがままで、傲慢で、怒りっぽい。上品なレディには変えてもらったけれど、当の学者自身が娘のことをレディと思っていない、レディとして扱わない。娘は釈然としないものを感じ、喧嘩となり、結局、学者のもとを去っていく。イギリスの上流社会を揶揄し、人情の機微を突いて間然するところがない。

現実問題として考えれば、中年の独身学者は、心の奥で娘への愛情を感じていながらも、——俺なんかが相手になっちゃいけない。俺は学問的成果が得られたんだから、それで充分——

と、大人の抑制心が働いて知らんぷりをしていた、と想像することも可能であり、そういう演出法もありうるだろう。ショー自身はいろいろな含みを持たせて筆をおいているふしがある。

ピュグマリオン伝説そのものとの比較で言えば、伝説は彫像を美少女に変えるだけですんだけれど、生身の人間となると都合のいいところだけが変わるわけじゃない。ほかのところも変わる。花売娘は言葉遣いを勉強したが、同時にプライドを持って生きることも習得した。一筋縄ではいかなくなる。ショーの文明批評が籠められていると見るのは、あながち読み過ぎではあるまい。

ショーの〈ピュグマリオン〉を聞いて、

――どこかで聞いた話だなあ――

と思った読者も多いことだろう。そう、これはオードリィ・ヘプバーン主演のアメリカ映画〈マイ・フェア・レディ〉そのものである。映画はショーの戯曲をミュージカル化したものだった。ただし最後は学者と娘の間に恋が芽生えそうな気配を漂わせ、めでたし、めでたしを予測させて終わっている。そうでなければ映画じゃない。

そして私がこの〈ピュグマリオン〉の章の最後に用意したものは……まことに、まことに毎度のことながら、ショーの戯曲においてまたしてもギリシャ神話が素材として用いられ名作となっている。という事実である。

第十七章 ナルキッソス

……自己愛の始まり

妖精エコーの恋

ナルキッソスはギリシャ神話の中にあってさほど大きな立場を占める存在ではなかったけれど、ユニークな性癖ゆえに後世に名を残すこととなった。

ナルキッソスの父親は河の神ケピソスで、ケピソスが美しい妖精を見そめ、

――逃がしやしないぞ――

川の流れを幾重にも曲げて妖精を捕らえ、交わってナルキッソスの誕生となった。母親も美しかったが、生まれたナルキッソスがまた美しい。往年のアラン・ドロンもまっ青というほどの美青年に育った。

多くの者がナルキッソスに言い寄る。

その中に森の妖精エコーがいた。

大神ゼウスが女性にちょっかいを出すとき、妻のヘラが目を光らせていると自由に動きにくい。エコーに命じて、

「ずっと話をしていてくれ」

ヘラの関心をよそへ逸らしておこうという作戦である。

「なにを話してたら、いいんですか」

「なに、ヘラの言ったことをそのままくり返していればいいんだ」

「わかりました」

かくてヘラが「おはよう」と言えば、エコーは「おはよう」と答え、「暑いわね」と嘆けば「暑いわね」とあいづちを打つ。そうしているうちにゼウスは女性に対する博愛主義を実践してしまう。

何度か同じことをやっているうちにヘラのほうも、

――ひどい！　そういう魂胆だったのね――

ゼウスには歯向かえないし……浮気の手助けをしたエコーが憎らしい。

「あんたはそういう人なのね。じゃあ、いつまでも相手の言葉をくり返してたらいいじゃない」

女神の力で普通の会話力をエコーから奪ってしまった。エコーはただ相手の言ったことをおうむ返しにくり返すことしかできない。

エコーがナルキッソスを知ったのは、こういう仕打ちを受けたあとのこと。いくら恋い焦がれても、これでは胸のうちを告白することができない。口説くのがむつかしい。自分からはなにも言い出せない。しつこく寄りそっていくと、

「あんたなんか嫌いだ。あっちへ行け」

と、ナルキッソスに言われ、エコーとしては心ならずも、

「あんたなんか嫌いだ。あっちへ行け」

と叫ぶよりほかにない。

もともとむつかしい恋だったものがさらにむつかしくなる。それでもエコーは恋し続け、悩み続け、ついには身も細り、糸のようになり、やがて消えてしまった。

ナルキッソスの知られざる苦悩

もうとうにおわかりだろう。エコーはこだまのこと。妖精は姿のないこだまとなって、今でもただひたすら言われた言葉を返しているだけ、なのである。

ナルキッソスは、ことさらにエコーだけを邪険に扱ったわけではない。だれに口説かれてもなびかない。

それと言うのも、ナルキッソスがまだ少年だったころアメイニアスという男が惚れ込む。同性愛なんかちっとも珍しくない。だが、ナルキッソスは、

——不潔——

と思ったのかどうかわからないけれど、けんもほろろに断った。絶望したアメイニアスはナルキッソスからもらった刀を用いてナルキッソスの家の前で自殺。

「どうか私の恨みを晴らしてください」

『ナルキッソス』 カラヴァッジオ画
水面に映る自分の姿に恋をしてしまったナルキッソス。ナルシシストの元祖である。
(1595年頃・ローマ、国立古代美術館蔵)
写真提供／ワールド・フォト・サービス

と、アルテミスに願って死んだものだからアルテミスは、

「はい、はい、はい」

女神の力で一計を案じた。

ナルキッソスが泉をのぞくと、そこに自分の姿が映る。

――なんて、美しい男だ――

水の中の美少年に恋してしまう。それが自分自身だとわかっても、もうやめられない。とまらない。キスをしようとして唇を寄せても、水が揺れて相手は歪んでしまう。抱き寄せようとしても、捕らえようがない。

こうしてナルキッソスのけっして報いられない恋が始まった。こうなってはもう他のだれが口説いても駄目というもの。多くの求愛者を退けたが、皮肉なことに、その実、だれよりも痛切に報いられない恋の苦しさを知るのはナルキッソス自身であった。

苦悶のすえ、ナルキッソスは自分の胸に刃を刺す。くだんの泉のほとりで……。みずからの姿を水に映しながら……。

「さようなら」

と呟《つぶや》くナルキッソス。

「さようなら、さようなら」

と、エコーが答えてくれた。

ナルキッソスの血が地面に染み込み、そこから生えて来たのが白い水仙。英和辞典を引くと、narcissus、ナルシサスと読んで、まさしく水仙のことである。正しくは口紅水仙。赤い花冠の中から白い花びらが伸びる。血と清純さを表わしているのだとか。

ナルシシズム（自己愛）という言葉が、ナルキッソスのエピソードから生まれたことは言うまでもあるまい。あまりにも名高いオーストリアの精神科学者フロイト（一八五六～一九三九）が広めた。こむつかしい理屈はともかく、ナルシシズムは多かれ少なかれだれしもが持っている。だれだって自分がかわいい。ナルシシズムと無縁の人は、この世にいない、と私は考えている。

美青年アドニスの悲劇

ついでに花に因んだギリシャ神話を、もう一つ、二つ挙げておけば……アドニスはキニュラス王の子であった。キニュラス王とは、第十六章で述べたピュグマリオンの子と言うべきか、孫と言うべきか、ピュグマリオンが実の娘と交わってもうけ、キプロスの王となった、あの男である。この一族には正常ならざる恋の血が流れているらしく、キニュラス王も自分の娘に恋され、娘と交わる。こうして生まれたのがアドニスである。

この男子も美しい。

こともあろうに美と愛の女神アプロディテが、まだ幼いアドニスに惚れ込んだ。アプロディテが、生まれて間もないアドニスを見つめているとき、エロスがついうっかり母の胸に金の矢を落として傷つけてしまったから……という説もある。

この矢を受けたら、もう愛さずにはいられない。ギリシャ神話の鉄則だ。恋情を捨てるのがむつかしい。アプロディテはみずからの行く末を案じ、アドニスを箱に隠し冥界へ送った。

——死んでくれればいい——

と考えたのだろう。

ところが冥界の妃ペルセポネが箱を開けると、

「まあ、なんてかわいい男の子なのかしら」

抱き上げて育てた。

やがて目もくらむような美少年となる。噂を聞いてアプロディテは、

「返してよ」

と迫ったが、ペルセポネも惜しくなり、

「厭《いや》よ。私がかわいがるの」

と譲らない。

ゼウスの計らいで妥協案が提示され、一年を三つに分け、アドニスはペルセポネのもと

で三分の一を、アプロディテのもとで三分の一を過ごすこと、残りの三分の一はどうするのかと言えば、

「二人の女神に目茶苦茶かわいがられたらアドニスだって体がもたない。休養をとるように」

と、まことに〝ごもっとも〟の裁定であった。お姉様二人に愛されたら、少年は見る太陽も黄色くなってしまう。

しかし、エロスの矢を胸に受けていたアプロディテは、この裁定では我慢ができない。ペルセポネの三分の一を侵害し始める。

――許せないわ――

ペルセポネはアレスを唆《そそのか》した。アプロディテの夫とも情人とも言われる神だ。

「あなたよりアドニスのほうがずっとすてきだって。ぼやぼやしてるとアプロディテに逃げられるわよ」

アレスは嫉妬にかられ、

「おのれ、アドニスめ！」

みずから猪に姿を変え、狩りを楽しんでいるアドニスを襲い、鋭い牙で刺し殺した。アプロディテが駈けつけたが、もう遅い。アドニスは朱に染まって死んでいた。アプロディテの嘆きをあわれに思い、冥界の王ハデスが、

「数か月は地上に戻してやろう」

と、やさしい配慮を示してくれた。

アドニスの血が滲《にじ》んだ大地から芽が出て、茎が伸び、まっ赤な花を咲かせた。すなわちこれこそがアドニスの化身、アネモネの花であった。

猪に変身したのはアレスではなく、本物の猪で、アプロディテに敵愾心《てきがいしん》を持つ女神アルテミスがさし向けたのだという説もある。またこのときのアプロディテの涙が大地に散って薔薇になった、とも言う。

アネモネの名は、この花に吹きかけて花びらを散らす風神アネモスから来ている。アネモネの命は短い。冥界の王はアドニスが地上に咲く期間として数か月を許してくれたけれど、その妃はなお腹を立てているのかもしれない。この花には数か月の命はない。はかなく咲いて風に散る花だ。アネモネの種類は多いが、やはりここでは真紅に咲く花をイメージしていただきたい。

花になったヒュアキントス

最後はスパルタのヒュアキントス、これも美少年である。女たちより先に男たちが目をつける。アポロンもその一人。西風の神もその一人。アポロンがヒュアキントスと円盤投げをして楽しんでいるのを見て、西風が猛然と嫉妬する。美少年はアポロンにすっかりなびいて西風に勝ち目はなかった。

「ピューッ」

と、口を細くして風を吹き、アポロンが投げた円盤を狂わせる。ヒュアキントスの頭に命中して、少年は即死。西風は後悔したが、あとの祭。頭から血潮が吹いて流れ、そこから生まれたのがヒヤシンスの花。ただし、今日のヒヤシンスではなく、アイリスの一種ではないかと言われている。スパルタではヒヤシンスの祭が今でも花の季節に催されているらしい。以上三例、ギリシャ神話ではなぜか美しい男が死ぬと花になる。そんなケースが多いのである。

第十八章

オリオン

……………もっとも古い美丈夫

目を潰されたオリオン

最後はふたたびギリシャ神話の英雄らしい英雄に返って、オリオンである。これもまた美男子。だが、活躍の年代を考えると、か弱い美少年や美男子ではなく、力強い美丈夫。一説では海神ポセイドンの子とも言われ、体はでかいし、腕力はあるし、弓術にもたけている。姿を現わしただけで相手がおびえてしまう豪傑だ。

エピソードはたくさんあるのだが……あるときヒオス島（キオス島）に赴いて、王女メロペーを見そめ、ぜひとも妻にしたい、と島の王に申し出た。ヒオス島はエーゲ海の中東部にあって、小アジア半島の海岸（現在はトルコ領）とは指呼の間、むこう岸の建物が見えるほどの近さである。ホメロスの生まれた島とも言われているところだ。

が、このお話はホメロスよりずっと古い。オリオンの申し出に対し、島の王はあまり気が進まないけれど、相手は腕ずくでも娘をさらって行きそうな男。

「この島には恐ろしいけものがウジャウジャいる。それを退治してくれたら娘を進ぜよう」

「わかった」

オリオンは次々に野獣を退治して、毛皮を王のもとへ贈った。

「さあ、この通り」

と迫ると、島の王は、

「まあ、まあ、まあ。まだもう少しライオンや熊がはびこっている。今夜は酒でも飲んで」

と勧めた。

たっぷりと飲んで酔っぱらったオリオンは、

――どうも、あの王様、気に入らんなあ、つべこべ言って、先へ伸ばして――

と、王女の部屋へ忍び込んで犯してしまう。

まさしく言語道断。だが実のところ、王自身が王女に恋していた。と、こっちも言語道断のような気がするけれど。

――オリオンのやつ、許せん――

と思ったのは当然のこと。半分人間で半分山羊のサテュロスたちに頼んでオリオンにさらに強い酒を飲ませ、前後不覚に陥るまで酔わせた。そのうえで両眼を潰し、海辺にドーンと投げ捨てた。命を奪わなかったのは、オリオンの父ポセイドンの怒りを恐れたから……。

正気に返ったオリオンは、

――しまった――

絶望の中で神託を問えば、地の果てに広がる大洋オケアノスに行き、シリウス星が初めて海より昇るとき、この方角を見すえれば視力を回復するだろう、とのこと。

すぐさま海に出たオリオンは、ヘパイストスが鍛冶場で叩くハンマーの音を頼りにリムノス島にたどりつき、ヘパイストスの弟子のケダリオンに会うや、

「おい、若い衆、ちょっと俺の肩に乗ってくれ」

と担ぎ上げ、脚をしっかりと押さえて、

「さあ、俺の目の替りになってくれ。逃げようとしても逃がさんぞ」

ギュウギュウと足を痛めつけて命じた。

確か〈千夜一夜物語〉の中で、船乗りシンドバッドが、おかしな爺さんをうっかり肩に載せてしまい、両脚で首を絞められるものだから仕方なしに爺さんの命令に従う話があったけれど、あれとは正反対だ。首を絞められるのも困るが、脚を捩《ねじ》られるのも困ってしまう。オリオンは怪力の持ち主なのだ。

オリオン座とさそり座

リムノス島はエーゲ海の北に位置し、ヒオス島から二百キロほどの海に浮かんでいる。

オリオンはケダリオンを案内係にしてリムノス島から地の果てに広がるオケアノスへ。シリウス星を見つめて視力を回復するが、そのとき、色男の真剣なまなざしがよほどすてき

だったにちがいない。曙の女神エオスが惚れ込み、

「好きよ、好き」

とオリオンのそばを離れない。

「とにかく復讐が先だ」

オリオンはヒオス島に向かったが、ヒオス島の王は地下室を造り、その中に身を隠していたので恨みを晴らすことができなかった。

オリオンはまた海に出て南に向かい、アポロン神殿で名高い神聖な島ディロスに着く。

「好きよ、好き」

ここでも曙の女神エオスに言い寄られ、

「まあ、いいか」

こともあろうに神殿の中で愛し合ってしまう。

以来、曙の女神は神殿で戯れたことを思い出しては、

「私としたことが……はしたない」

と、いつも顔を赤らめ、空を染めている、ということだが、オリオンのほうは暢気《のんき》なもの。舳先《へさき》をさらに南へ向けてクレタ島へ。島で女神アルテミスに誘われ、一緒に狩猟を楽しむ。

「俺はどんな怪物でも射倒すことができるんだ」

「あら、そうなの、すてき」

大層な台詞《せりふ》を吐かれ、いつものアルテミスなら機嫌をわるくするはずなのに、愛想よくほほえんでいる。

アルテミスの双子の兄アポロンは、

――妹のやつ、いかれちゃったんじゃあるまいな――

みずからの神殿をけがされたこともあって、オリオンが気にくわない。巨大なさそりを出現させ、オリオンのあとを追わせた。

オリオンは追跡者に気づき、さそり目がけて矢を放つ。

カツン。

矢のほうが折れてしまった。さすればと剣で斬りつけたが、大さそりの皮は堅く、刃がこぼれるばかり。

――これは強敵だ――

新しい武器を調達しなければならない。オリオンは海に飛び込み、曙の女神のいる方角へ向かって泳ぎ出す。

アポロンがアルテミスの前に現われ、

「あの怪物を射てくれ」

海上に見え隠れしている黒いものを指さして頼んだ。

アルテミスが矢をつがえ、ヒョーと放つと、みごと命中。それがオリオンの頭であった。いくら豪の者でも女神の矢で頭を貫かれたら生きていられない。プカリと水上に浮かんで動かない。

アルテミスはおおいに悲しみ、医療にたけたアスクレピオスに治療を頼むが、そのときアスクレピオスは大神ゼウスの雷火を受けて死んでしまっていた（第八章）。仕方なくオリオンを天に昇らせ、星座に加えた。それでもなおさそりがあとを追う。これが夜空にかかるオリオン座とさそり座である。

アルテミスがオリオンを射たのは、アポロンに唆かされたからではなく、オリオンがもて過ぎるので嫉妬したとか、あるいはオリオンがあからさまに狩猟の腕自慢をしたからとか、諸説があるけれど、一つを選ぶのはむつかしい。こればかりではなく、オリオン伝説にはバリエーションが多いのである。

オリオンの親はポセイドンではなく、天地創造のおり混沌（カオス）の中から最初に生まれた母なる大地ガイアであった、とも言われ、また、もっとおもしろいのは、とても貧しい農夫が父親であったという説もある。この農夫は自分の生活を顧みて、

――苦しいばかりの一生なんて、つまらない――

同じ運命をたどるであろう、わが子の誕生を拒否していた。

だが、年を取るにつれ、だんだん子どものいないことが寂しく、つらくなってきた。

あるとき、彼は、姿を変えて地上を旅している大神ゼウスとヘルメスに出会い、なにも知らずに二神を厚くもてなした。それを多とした大神が、

「なにか望みがあれば叶《かな》えてやろう」

「はい、せめて男の子を一人……」

「よし。雄牛を生け贄にし、その皮に放尿して、お前の妻の墓に埋めろ」

その通りにすると、数か月後に墓地で男の赤ん坊が泣いていた。これが英雄オリオンで、この出自ゆえにオリオン星座が現われると雨が降るのだ、とか。

エジプト、バビロニアがオリオン伝説の起源？

すでに気づかれたと思うが、オリオン伝説はガイアが関わっていることから見ても相当に古そうだ。第十四章で記した区分に従えば、一番古いところから中ごろに移るあたり。しかも天体の運行と関わりがある。シリウス星を睨《にら》んだり、曙の女神と親しんだり、オリオンの名を受けた星座は、さそり座とは遠く離れた位置を保って、さそり座が消えると姿を現わす。確か巨人オリオンには昴《すばる》の七つ星と関わる異説もあったはずだ。オリオン座が昇るときも沈むときも雨が降るなんて、どれほどの確率を持った天気予報かわからないけれど、これも大空の営みと関わっている。そしてもう一つ、オリオンはおおむねエーゲ海

『星座と黄道十二宮の天井画』
貴族の館の天井に描かれた古星図。天空を翔けて狩りをする勇ましいオリオン（右端の雄牛と闘っている英雄）の姿がある。作者不詳。(1570年代前半・イタリア、カプラローラ、ファルネーゼ宮殿。〈部分〉)

写真提供／ワールド・フォト・サービス

の島々をめぐって旅をしていることも、この巨人伝説の特徴だ。

第九章でも触れたように星座は本来的にギリシャで生まれた文化ではない。先行するバビロニアあるいはエジプトの文化であった。星座と関わりの深いオリオン伝説は、ずっとずっと古い時代に、バビロニアやエジプトから伝わり、エーゲ海の島々に転在した原話をギリシャ神話が一人の英雄にからめたのではなかろうか。同じ英雄伝説でもヘラクレスやペルセウスと少し感触がちがう。諸説が散っていて、まとめにくいところがあるのは、もともとべつな話だったから……。確たる根拠はないけれど、私はそう考えている。

ちなみに言えば、オリオン座は冬の南天にかかるヒーローだ。明るい二つの一等星と、三つ等間隔に並んだ二等星がくっきりと夜空に浮かんでいる。三つ星がオリオンの腰の帯であり、二つ星は両肩の位置を示している。肩章と考えてもよいだろう。

ギリシャ神話の誕生は……多種多様のエピソードは、まとまりの大きいもの、断片的なもの、それぞれ場所を異にし、時を変えべつべつに発生し、ホメロス、ヘシオドスのころに固まったものであり、それゆえに誕生の時期を決定するのはむつかしいけれど、まあ、まことにまことに大ざっぱに言って、紀元前十五世紀から九世紀くらいの成立。充分に古いものだが、それよりももっと古い昔に輝く星を見てオリオンの物語を創った人がいたのかもしれない。だれかが語らなければ物語はありえない。横に並ぶ三つの星を勇者の帯と見た人は、どんな男だったろう。どんな女だったろう。星空はギリシャ神話さえ超えて私たちの想像を遠い時空へと誘ってくれるようだ。

ギリシャ神話関連略系図

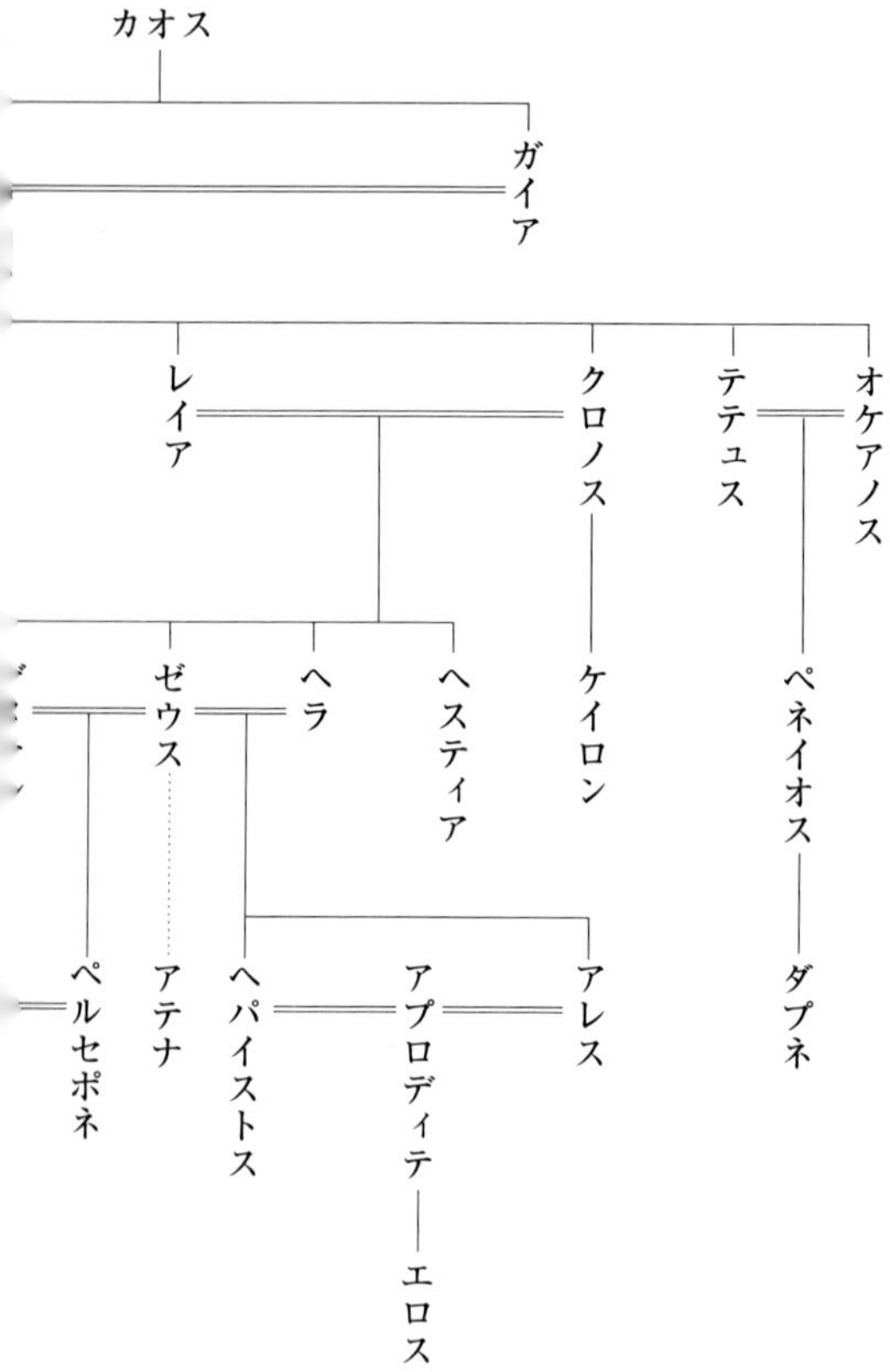

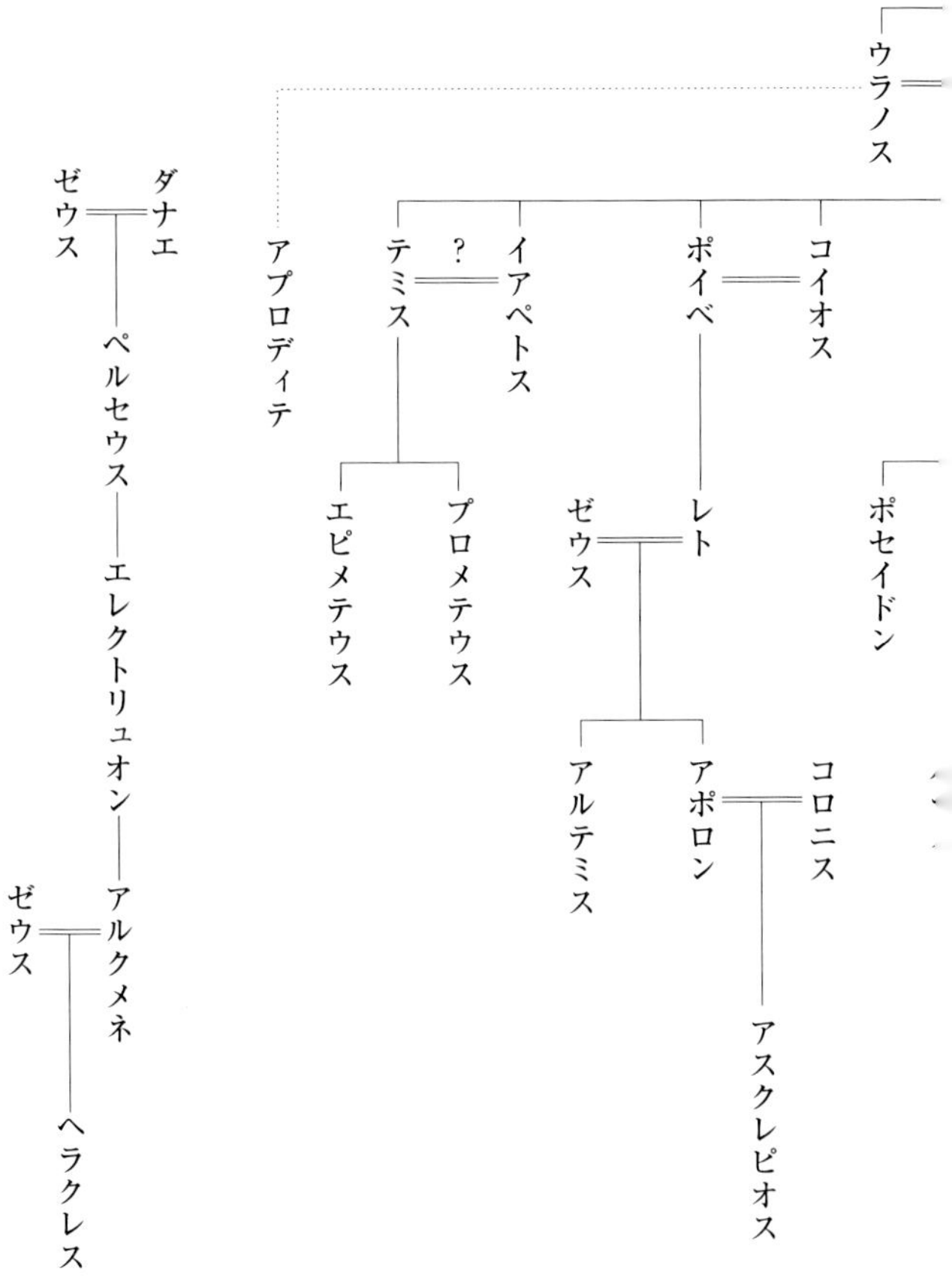
ウラノス
ポセイドン
コイオス
ポイベ
レト
ゼウス
コロニス
アポロン
アルテミス
アスクレピオス
イアペトス
?
テミス
プロメテウス
エピメテウス
アプロディテ
ダナエ
ゼウス
ペルセウス
エレクトリュオン
アルクメネ
ゼウス
ヘラクレス

解説

宮《みや》田《た》毬《まり》栄《え》

先日友人からめずらしい花を贈られた。厚い花弁がうぶ毛状の繊毛でおおわれ、花芯と花弁がつながっているような形の大きな花。色はオールドローズに銀色をまぶしたぐあいの渋さである。

プロティアだった。十数年前、取材で訪れたマウイ島で最も印象に残った花がプロティアで、ホテルのロビーやレストランに盛大に飾られていた。フラワー・ガーデンには、さまざまな種類のプロティアが咲き乱れていた。白やピンクや紫の花々は、羽毛みたいな質感の花冠を誇示して、鮮やかに咲いている。

プロティアは、ギリシャ神話の変身する海神プロテウスから名づけられたものだ、とアイルランド生まれのホテルの支配人は言った。ホメロスの『オデュッセイア』に出てくるあれだったかもしれない、と私はぼんやりその名前を思い浮かべながら頷いた。帰国して調べてみると、果たして、ホメロスが「海の老人《ハリオス・ゲロン》」の名称を与えた三人の男神たちの一人がプロテウスであった。

プロテウスには「プロトゴノス」、つまり「初めて生まれたもの」の意があるそうだ。

「海の老人」は「海の怪物」の性格を持ち、自在に変身できたといわれる。遠いギリシャ神話の男神の名を、開発の波が押し寄せている新興リゾート地マウイで聞いたのもおもしろい。

銀色をまぶしたプロティアは、今も私の部屋にある。重そうな花びらの先をとがらせて、いくらか猛々しくメキシコの銅製バケツにおさまっている。初めからドライフラワー然としているのに、案外水を吸うのだ。変身するというより、「海の老人」の生命力やしたたかな知恵を宿しているふうに見えて、強いエネルギーを感じる。不死のイメージがいささか不気味な花だ。

旅といえば、これも取材で行ったヴェネツィアのある夕方、ひとり歩きをしていた私は、迷路に並ぶ小ぶりな店のショーウインドーに、深いブルーの石が入った指輪を見つけた。深海を思わせる石の色に惹かれて、ふと立ち止ったのだった。

数分眺めて立ち去ろうとしたとき、年配の主人がドアを開けて私を招じ入れた。私の関心のありかを察知しているのか、彼はその指輪をモスグリーンの天鵞絨《ビロード》の上に置いて説明しだした。イタリア語を知らない私の耳に、ポセイドン、ポセイドンの語だけが響いてくる。

なるほどルーペで眺めれば、天地八ミリ、左右十五ミリほどのラピスラズリに、精巧な彫りが施してある。オリンポス十二神に数えられる海の支配者、海神ポセイドンが馬に乗り、三叉の矛をかまえて海を行く図柄であった。十九世紀のアンティークで、見たところ上質のインタリオ（沈み彫り）らしい。海の都ヴェネツィアと海神ポセイドン。その結びつきに私は心を動かされた。ほかでもない、ここは憧れの地ヴェネツィアなのだ。私は旅人の感傷からその指輪を買ってしまった。

指輪をはめると、ヴェネツィアの迷路、淀んだ水の色、灰色にくすんだ小さな橋、路地に突然出現する聖母像が想い出される。そして、私の指輪からとび出して大海原を駆け行く、ポセイドンの勇姿が想像されるのである。

二つの旅で偶然にもギリシャ神話の海にまつわる神々に遭遇したのも不思議だった。それ以上に、私がギリシャ神話に思いのほかとらわれていることにも気づいたのである。オリンピック関連の名前以外にも、私たち東洋人の意識のなかにさえ、ギリシャ神話は浸透しているのである。ごく漠然とながら。

阿刀田高氏と同様に私もフランス文学を専攻したが、西欧の思想は無論のこと、文学・芸術に向きあうには、どうしても避けて通れないのが聖書とギリシャ神話である。聖書もギリシャ神話も共に名だたる文学作品、極めつけの古典ということができるのだから、西欧の文学・芸術の源流として二大作品は脈々と生きつづけ、現代のアートにいたるまで、何らかの影響を及ぼしているのだろう。聖書はその精神性を、ギリシャ神話はその奔放な物語性、寓意性を、汲みつくせない芸術の宝庫として受けとめられてきたのだろう。

ところが、である。ここでは聖書は措くとして、それほど重要とされるにもかかわらず、「ギリシャ神話を知っていますか」と問われれば、私には「知っていますとも」と答える自信はまったくない。子どもの頃からずっと読んでいるというのに、精通からはほど遠いのである。

子ども用ダイジェスト版、トマス・ブルフィンチ、呉茂一、カール・ケレーニイ、と読んではきたものの、どれだけ頭に残っているかは、茫洋としてわからない。親しい神々もいれば英雄もいる。だが、親しめない神もたくさんいて、入り組んだ系図まで憶えられるわけがないのだ。

ギリシャ神話の厖大さ遠大さが、全貌をつかみにくくさせているし、阿刀田氏の指摘にもあるように、古代ギリシャ人の願望や恣意が後から神話に加えられ、矛盾や錯綜が生まれているからだろう。

また、溢れそうに盛りこまれた神話のなかの物語は奇抜で豊潤なのに、それぞれの物語についての描写は意外なくらい淡白なのである。それが神話の特性であり、であるから、芸術家は神話のある部分に触発され、新たな作品を創造するともいえるのだろう。フランス文学に限っても、古典主義の数々の戯曲を残したラシーヌをはじめ、ジロドゥ、サルトル、カミュと、ギリシャ神話の源泉は枯れはしないのである。阿刀田氏もそこから大作『新トロイア物語』を創出しているではないか。

ギリシャ神話と阿刀田氏の関係でいえば、氏はまず『ギリシア神話を知っていますか』を一九八一年に著わしている。これは神話を愛し、隅々まで読みこみ、古代ギリシャを考えつづけたひとでなければ到底描けない、ギリシャ神話の再編成であった。

末尾の「古代へのぬくもり」に記された中・高校生時代の記憶が胸を打つ。ホメロスの『イリアス』『オデュッセイア』が阿刀田少年の夢をはぐくみ、滋養となり、知識となり、素地となって、ついには『ギリシア神話を知っていますか』に結実したものだろう。

ギリシャ神話に迷いこみ、渉猟し、ふたたび迷う経験をくり返した者にしか辿りつけなかっただろう至難な道が見えてくる。

想像ではあるが、その渉猟の過程で、阿刀田氏は、「この記述のしかたでは、オリンポス山中で多くの読者は遭難してしまうのではないか」と危惧したのではなかったろうか。そこで考えたのが、ギリシャ神話を選りわけて並べなおし、わかりやすく書きかえる試みであったろう。小説家の手腕が存分に発揮された試みは、記述が重厚ではあるがカビくさくもあったギリシャ神話を、魅力ある生きた書物に蘇生させたのであった。

『ギリシア神話を知っていますか』を描くなかで着想されたのが、一九九四年に発表された『新トロイア物語』であったろう。ギリシャ神話を熟知した阿刀田氏が、トロイアの勇将アイネイアスを主人公にトロイア戦争十年の興亡を描いた歴史小説の傑作である。

長編小説の題材に選ぶほど阿刀田氏はギリシャ神話のなかでもトロイア戦争がお好きのようであるが、実は私もトロイア戦争が断然ドラマティックだと思うひとりである。パリスとヘレネの恋はギリシャ神話の白眉なのだ。阿刀田氏とほぼ同年齢の私は、阿刀田少年が見たというアメリカ映画『トロイのヘレン』に夢中だった。今をときめく美人スター、ペネロペ・クルス（ペネロペもギリシャ神話の名前だ）も霞んでしまうような女優、阿刀田少年がのぼせたにちがいないヘレン役の美形ロッサナ・ポデスタではなく、トロイアの王子パリスを演ずるジャック・セルナスが御贔屓だったのである。『サムソンとデリラ』などの歴史物によく出てくるヴィクター・マチュア系の濃すぎる男とは異なる、スポーティーで涼しい、清々しくて可愛い感じのジャック・セルナスのほかに、パリスのイメージにふさわしい役者は思い当らない。名前にさえ花のあるパリスは、何といってもギリシャ神話のスターだからである。

シェイクスピアにも、トロイア戦争を題材にした『トロイラスとクレシダ』があるのだが、こちらは少し趣向を変えて、ヘクトルやパリスの末弟トロイラスが主人公に置かれている。トロイア側でのヘレネとパリスの愛の生活も描かれていて、興味をそそられはするが、トロイラスとクレシダを中心にトロイア戦争を扱っているだけに、パリスの影はうすく、少々の不満が残るのである。

このように、ギリシャ神話に登場する神々や英雄に対する私の好みも、偏った、ごく感覚的なものだ。ギリシャ神話特有の人間臭、開放性がそれを許してくれるのかもしれない。好ましい神はアポロン、プロメテウス、アプロディテ、アテナ、人間ではパリス、プシュケといったところだろうか。

ところで、阿刀田氏のコロンブスの卵的発想のおかげで、ギリシャ神話の輪郭を把握し、とぎれとぎれの知識が一本につながる爽快さを知った私たちは、さらに二十年近くを経て、ギリシャ神話の概念を明確に伝えてくれる書物に出会うことになる。

ギリシャ神話の世界を遍歴してきた阿刀田氏が、これまでの体験のすべてを注ぎこんだ『私のギリシャ神話』である。タイトルにも自負と愛着が窺われるのだ。

本書はもともとNHK教育テレビの人間講座用テキストとして書かれた。テキストであるからには、とりあえず講座ふうに教養主義的、解説的な側面が意図されなければならなかったろうけれど、そこは英知の作家、講座的結構を用意しながら、巧みに軽ろやかに、複雑きわまる神話の世界を、ひらけた明瞭な空間に反転してみせる。そのとき、阿刀田氏のギリシャ神話は真の生命を持ちはじめるのだと思う。

だが、注視しなければならないのは、その反転の困難さについてであろう。ギリシャ神話は元来一貫性のある明解な物語ではない。さまざまな断片の伝承であって、異説にあふれ、つねに多義的なものである。神話学的な叙述も含まれる煩雑な世界を、均斉のとれた、知的な読物に仕上げる力量は並大抵のものではないはずだ。

プロメテウスから出発する目次は、神と神人が入りみだれて、ダイナミズムにみちている。この陣容で神話の全体像がどう収められるのだろうかを、わくわくして眺める楽しさがある。

それに、「万物の起源」から入り、同じ神々の異説をえんえん読み通さなければならないあの忍苦を要求されないで済む喜びは、何にもまして大きいのである。

蓄積された知識と小説家の想像力を適度に融合させ、少年時代から抱いてきただろうギリシャ神話への夢想の翼を開ききって、阿刀田氏は「私の愛するギリシャ神話」を描き出している。

作家が愛する素材をもとに作品を描くとき、ペンはおのずから伸びやかさを増し、艶やかさを加味するだろう。阿刀田氏の簡潔で明晰な表現には定評があるが、『私のギリシャ神話』の文章は、日本語の美質や風格をしみじみ感じさせるものである。機智にとんだ適切な解釈で語りつつ古典に寄りそう労作といえよう。

「まえがき」で示された、ギリシャ神話を通して「欧米文化の淵源を知る」「文学としてそれ自体ユニークな価値を持ち続けていることに触れたい」とする目的は、懇切な描写によって十二分に達成されている。ギリシャ神話が本来持っている破天荒なユーモア、あるいはカミュ、サルトルを刺激したであろう不条理な悲劇性もが的確に伝えられたのである。

夢中になって読むうちに、実に長い間消化不良気味であったギリシャ神話が、するすると飲みこめ、近づくたびに遠のいていった全容が、疲労した頭脳にも徐々にしみこんでくる気配がする。

何も見えてはこない褪色の現実ではあっても、パンドラが辛うじて残してくれたらしい「希望」に似た新しい風が、私の前をやさしく吹きぬけて行くのである。

（エッセイスト・元中央公論社編集者）

阿刀田高　著作・文庫分類目録（'02年12月現在）

＊ミステリー、奇妙な味、ブラックユーモアに属する小説および小説集

〈冷蔵庫より愛をこめて〉　講談社文庫　'81年9月
〈過去を運ぶ足〉　文春文庫　'82年1月
〈ナポレオン狂〉　講談社文庫　'82年7月
〈Aサイズ殺人事件〉　文春文庫　'82年9月
〈食べられた男〉　講談社文庫　'82年11月
〈夢判断〉　新潮文庫　'83年1月
〈一ダースなら怖くなる〉　文春文庫　'83年6月
〈壜詰《びんづめ》の恋〉　講談社文庫　'84年2月
〈コーヒー・ブレイク11夜〉　文春文庫　'84年9月
〈最期のメッセージ〉　講談社文庫　'85年2月
〈街の観覧車〉　文春文庫　'85年10月
〈早過ぎた予言者〉　新潮文庫　'86年2月
〈待っている男〉　角川文庫　'86年6月
〈危険信号〉　講談社文庫　'86年9月
〈仮面の女〉　角川文庫　'87年6月
〈だれかに似た人〉　新潮文庫　'87年6月
〈猫の事件〉　講談社文庫　'87年9月
〈ミッドナイト物語〉　文春文庫　'87年10月
〈迷い道〉　講談社文庫　'88年12月
〈知らない劇場〉　文春文庫　'89年1月
〈真夜中の料理人〉　講談社文庫　'89年10月
〈明日《あした》物語〉　文春文庫　'90年7月
〈恐怖同盟〉　新潮文庫　'91年1月
〈危険な童話〉　新潮文庫　'91年4月
〈妖しいクレヨン箱〉　講談社文庫　'91年5月
〈霧のレクイエム〉　講談社文庫　'91年10月
〈Vの悲劇〉　講談社文庫　'92年6月
〈東京25時〉　文春文庫　'92年12月

〈他人同士〉 新潮文庫 '93年1月
〈心の旅路〉 角川ホラー文庫 '93年7月
〈いびつな贈り物〉 集英社文庫 '94年2月
〈夜に聞く歌〉 光文社文庫 '94年11月
〈消えた男〉 角川文庫 '95年1月
〈奇妙な昼さがり〉 講談社文庫 '96年1月
〈箱の中〉 文春文庫 '97年5月
〈朱い旅〉 幻冬舎文庫 '98年4月
〈あやかしの声〉 新潮文庫 '99年4月

＊現代の風俗、男女の関係をテーマとする小説
およびび小説集

〈ガラスの肖像〉 講談社文庫 '85年12月
〈不安な録音器〉
中公 '88年1月／文春 '01年6月
〈風物語〉 講談社文庫 '88年2月
〈東京ホテル物語〉 中公文庫 '88年6月
〈影絵の町〉 角川文庫 '89年8月
〈ぬり絵の旅〉 角川文庫 '89年10月
〈時のカフェテラス〉 講談社文庫 '90年5月
〈花の図鑑〉（上・下）
新潮 '90年5月／角川 '99年8月
〈花惑い〉 角川文庫 '91年1月
〈面影橋〉 中公 '91年5月／文春 '01年10月
〈愛の墓標〉 光文社文庫 '91年11月
〈響灘　そして十二の短篇〉文春文庫 '92年7月
〈空想列車〉（上・下） 角川文庫 '92年12月
〈猫を数えて〉 講談社文庫 '93年11月
〈やさしい関係〉 文春文庫 '96年6月
〈メトロポリタン〉 文春文庫 '02年3月
〈鈍色《にびいろ》の歳時記〉 文春文庫 '02年12月

＊伝記小説、歴史にちなんだ小説など

〈夜の旅人〉 文春文庫 '86年10月
〈海の挽歌〉 文春文庫 '95年7月
〈新トロイア物語〉 講談社文庫 '97年12月

〈幻の舟〉 角川文庫 '98年10月
〈獅子王アレクサンドロス〉 講談社文庫 '00年10月
〈怪談〉 幻冬舎文庫 '01年4月

＊エッセイ、教養書、雑学書に属するもの

〈頭の散歩道〉 文春文庫 '83年2月
〈ジョークなしでは生きられない〉 新潮文庫 '83年7月
〈ブラック・ジョーク大全〉 講談社文庫 '83年9月
〈ギリシア神話を知っていますか〉 新潮文庫 '84年6月
〈まじめ半分〉 角川文庫 '84年10月
〈恐怖コレクション〉 新潮文庫 '85年4月
〈左巻きの時計〉 新潮文庫 '86年5月
〈アラビアンナイトを楽しむために〉 新潮文庫 '86年12月
〈あなたの知らないガリバー旅行記〉 新潮文庫 '88年4月
〈ことばの博物館〉（新版） 文春文庫 '89年6月
〈食卓はいつもミステリー〉 新潮文庫 '89年12月
〈花のデカメロン〉 光文社文庫 '90年11月
〈詭弁の話術〉 角川文庫 '93年9月
〈三角のあたま〉 角川文庫 '94年1月
〈旧約聖書を知っていますか〉 新潮文庫 '94年12月
〈魚の小骨〉 集英社文庫 '95年11月
〈新約聖書を知っていますか〉 新潮文庫 '96年12月
〈好奇心紀行〉 講談社文庫 '97年10月
〈日曜日の読書〉 新潮文庫 '98年5月
〈アイデアを捜せ〉 文春文庫 '99年2月
〈夜の風見鶏〉 朝日文庫 '99年3月
〈新諸国奇談〉 講談社文庫 '99年5月
〈犬も歩けば〉 幻冬舎文庫 '00年4月

〈ホメロスを楽しむために〉　新潮文庫　'00年11月
〈ミステリーのおきて102条〉　角川文庫　'01年10月
〈小説家の休日〉　集英社文庫　'02年4月
〈私のギリシャ神話〉　集英社文庫　'02年12月

この作品は、『NHK人間講座』において一九九九年四月〜六月に放送された、「私のギリシャ神話」のテキストをもとに作成され、二〇〇〇年一月、日本放送出版協会より単行本として刊行されました。

集英社文庫　目録（日本文学）

浅田次郎　プリズンホテル 1 夏
浅田次郎　プリズンホテル 2 秋
浅田次郎　プリズンホテル 3 冬
浅田次郎　プリズンホテル 4 春
浅田次郎　天切り松 闇がたり 第一巻 闇の花道
浅田次郎　天切り松 闇がたり 第二巻 残侠
浅田次郎　天切り松 闇がたり 第三巻 初湯千両
浅田次郎　活動寫眞の女
浅田次郎　王妃の館(上)(下)
浅田次郎　オー・マイ・ガアッ！
浅田次郎　サイマー！
阿佐田哲也　無芸大食大睡眠
阿佐田哲也　阿佐田哲也の怪しい交遊録
浅利佳一郎　はばかりながら
芦原すなお　スサノオ自伝
芦原すなお　東京シック・ブルース

安達千夏　あなたがほしい je te veux
阿刀田高　いびつな贈り物
阿刀田高　魚の小骨
阿刀田高　小説家の休日
阿刀田高　私のギリシャ神話
阿刀田高　ものがたり風土記《ふうどき》
阿刀田高　続ものがたり風土記《ふうどき》
我孫子武丸　たけまる文庫 怪の巻
我孫子武丸　たけまる文庫 謎の巻
我孫子武丸　少年たちの四季
我孫子武丸 田中啓文 牧野修　三人のゴーストハンター 国枝特殊警備ファイル
安部龍太郎　風の如く 水の如く
安部龍太郎　海神《わだつみ》
安部龍太郎　生きて候(上)(下)
綾辻行人　眼球綺譚
綾辻行人　セッション ——綾辻行人対談集

荒井千暁　医者の責任 患者の責任
荒井千暁　モダン・アレルギー
新井素子　チグリスとユーフラテス(上)(下)
荒川じんぺい　森の作法
嵐山光三郎　日本詣で ニッポンもうで
荒俣宏　異都発掘
荒俣宏　日本妖怪巡礼団
荒俣宏　怪物の友
荒俣宏　風水先生
荒俣宏　黄金伝説
荒俣宏　増補版 図鑑の博物誌
荒俣宏　神秘学マニア
荒俣宏　南方に死す
荒俣宏　日本仰天起源
荒俣宏　漫画と人生
荒俣宏　短編小説集

集英社文庫　目録（日本文学）

集英社文庫　目録（日本文学）

集英社文庫　目録（日本文学）

五木寛之　世界漂流
五木寛之　こころ・と・からだ
五木寛之　雨の日には車をみがいて
五木寛之　ちいさな物みつけた
五木寛之　改訂新版 第一章 四季・奈津子
五木寛之　改訂新版 第二章 四季・波留子
五木寛之　改訂新版 第三章 四季・布由子
五木寛之　不安の力
伊藤左千夫　野菊の墓
伊藤比呂美　コドモより親が大事
井上篤夫　追憶マリリン・モンロー
井上(き)みどり　ニッポンの子育て
井上ひさし　不忠臣蔵
井上ひさし　吾輩は漱石である
井上ひさし　頭痛肩こり樋口一葉
井上ひさし　化粧

井上ひさし　やあおげんきですか
井上ひさし　ある八重子物語
井上ひさし　わが人生の時刻表 自選ユーモアエッセイ1
井上ひさし　日本語は七通りの虹の色 自選ユーモアエッセイ2
井上ひさし　吾輩はなめ猫である 自選ユーモアエッセイ3
井上宏生　スパイス物語
井上光晴　明日
井上夢人　あくむ
井上夢人　パワー・オフ
井上夢人　風が吹いたら桶屋がもうかる
井原美紀　リコン日記。
今泉正顕　祝婚スピーチ
今邑彩　よもつひらさか
今村了介　士魂烈々
今村了介　壮士ひとたび去って復た還らず
岩井志麻子　邪悪な花鳥風月

岩城宏之　回転扉のむこう側
岩崎正人　現代人の病い 嗜癖《しへき》のはなし
宇江佐真理　深川恋物語
宇江佐真理　斬られ権佐
ブライアン・キイ 植島啓司・訳　メディア・セックス
植田いつ子　布・ひと・出逢い
宇佐美承　池袋モンパルナス
内田春菊　仔猫のスープ
内田康夫　浅見光彦を追え ミステリアス信州
内田康夫　浅見光彦豪華客船「飛鳥」の名推理
内田康夫　軽井沢殺人事件
内田康夫　「萩原朔太郎」の亡霊
内田康夫　北国《ほっこく》街道殺人事件
内田康夫　浅見光彦 四つの事件 名探偵と巡る旅
内田康夫　浅見光彦 新たな事件 天河・琵琶湖・善光寺紀行
内田康夫　名探偵浅見光彦の ニッポン不思議紀行

集英社文庫 目録（日本文学）

内館牧子 恋愛レッスン
内海隆一郎 波《なみ》多《だ》町《まち》
宇野千代 薄墨の桜
宇野千代 幸福を知る才能
宇野千代 生きていく願望
宇野千代 普段着の生きて行く私
宇野千代 私のしあわせ人生
宇野千代 行動することが生きることである
宇野千代 恋愛作法
宇野千代 私の作ったお惣菜
宇野千代 私の幸福論
宇野千代 幸福は幸福を呼ぶ
宇野千代 私の長生き料理
宇野千代 人生学校
宇野千代 思いのままに生きて
宇野千代 私何だか死なないような気がするんですよ
梅原猛 塔(上)(下)
梅原猛 神々の流竄《るざん》
梅原猛 飛鳥とは何か
梅原猛 日常の思想
梅原猛 仏像のこころ
梅原猛 聖徳太子1・2・3・4
梅原猛 中上健次 君は弥生人か縄文人か
梅原猛 日本の深層
江川晴 看護婦物語
江川晴 救急外来
江川晴 産婦人科病棟
江川晴 企業病棟
江川晴 看護学生物語
江川晴 私の看護婦物語
江國香織 都の子
江國香織 なつのひかり
江國香織 いくつもの週末
江國香織 薔薇《ばら》の木 枇杷《びわ》の木 檸檬《れもん》の木
江國香織 ホテル カクタス
江國香織 モンテロッソのピンクの壁
江國香織 泳ぐのに、安全でも適切でもありません
海老沢泰久 星と月の夜
遠藤周作 愛情セミナー
遠藤周作 勇気ある言葉
遠藤周作 ぐうたら社会学
遠藤周作 父親(上)(下)
遠藤周作 あべこべ人間
遠藤周作 よく学び、よく遊び
遠藤周作 ほんとうの私を求めて
遠藤知子＝編 井上ひさし用語用法辞典
逢坂剛 裏切りの日日
逢坂剛 空白の研究

集英社文庫　目録（日本文学）

逢坂剛　情状鑑定人
逢坂剛　百舌《もず》の叫ぶ夜
逢坂剛　幻の翼
逢坂剛　砕かれた鍵
逢坂剛　よみがえる百舌《もず》
逢坂剛　しのびよる月
逢坂剛　水中眼鏡《ゴーグル》の女
逢坂剛　さまよえる脳髄
逢坂剛　配達される女
逢坂剛　鵟《のすり》の巣
大内一憲　近藤雅和　20世紀文学映画館
大内一憲　近藤雅和　19世紀ロマン映画館
大江健三郎・選　何とも知れない未来に
大岡昇平　靴の話　大岡昇平戦争小説集
大鐘稔彦　外科医のセレナーデ
大沢在昌　悪人海岸探偵局

大沢在昌　無病息災エージェント
大沢在昌　ダブル・トラップ
大沢在昌　死角形の遺産
大沢在昌　絶対安全エージェント
大沢在昌　陽のあたるオヤジ
大沢在昌　黄龍の耳
大島清　脳が快楽するとき
大島裕史　日韓キックオフ伝説　ワールドカップ共催への長き道のり
大竹伸朗　カスバの男　モロッコ旅日記
大槻ケンヂ　のほほんだけじゃダメかしら？
大槻ケンヂ　わたくしだから改
大鶴義丹　スプラッシュ
大西一平　戦闘集団の人間学
大橋歩　楽しい季節
大橋歩　秋から冬へのおしゃれ手帖
大橋歩　おしゃれのレッスン

大橋歩　くらしのきもち
大橋歩　おいしいおいしい
大橋歩　オードリー・ヘップバーンのおしゃれレッスン
大森淳子　ああ、定年が待ち遠しい
大藪春彦　復讐に明日はない
岡崎弘明　学校の怪談
岡嶋二人　ダブルダウン
岡本五十雄　復活の朝　札幌発リハビリテーション物語
岡本馨　チーチャンへの絵手紙
岡本嗣郎　孤高の棋士　坂田三吉伝
岡本嗣郎　歌舞伎を救ったアメリカ人
荻原浩　オロロ畑でつかまえて
荻原浩　なかよし小鳩組
奥泉光　その言葉を
奥泉光　葦と百合
奥泉光　バナールな現象